Le contrat
DORIAN GRAY

« Le dramatique de la vieillesse, ce n'est pas qu'on se fait vieux, c'est qu'on reste jeune. »
Le Portrait de Dorian Gray, Oscar Wilde

1, rond-point du Général-Eisenhower, 31101 Toulouse Cedex 9, France.
editionsmilan.com

Illustration : Vincent Roché
Correction : Josselin Rieu
Mise en pages : Petits Papiers

Dépôt légal : juin 2022 • ISBN : 978-2-408-03501-3
Achevé d'imprimer au 2e trimeste 2022
par Rodesa en Espagne.
Plus d'informations sur la fabrication de nos livres :
editionsmilan.com/comment-fabriquons-nous-nos-livres

Certifié PEFC
Ce produit est issu de forêts gérées durablement et de sources contrôlées
PEFC
PEFC/14-38-00306
www.pefc-france.org

Le contrat DORIAN GRAY

Mélanie De Coster

milan

PROLOGUE

Je n'aurais pas dû ouvrir la porte. Lubin me l'avait répété : « Ne laisse entrer personne, Morane. Sous aucun prétexte. Pas tant que je suis en vie. » J'aurais dû prendre ses avertissements au sérieux.

Mais Lubin n'était pas là et cette fille dehors m'intriguait. Le plancher de la terrasse luisait encore de la dernière tempête qui s'était abattue sur la côte. Blottie contre la porte, l'adolescente décharnée tressaillait de froid. Elle n'avait plus la force d'insister.

Je mordillai machinalement une mèche de cheveux. Les pointes conservaient le goût du produit appliqué dans la matinée pour les teindre en bleu. Je grimaçai en les dégageant ; mes lèvres aussi devaient être colorées maintenant. Je savais comme le vent mordait la peau après la pluie. Si elle ne se réchauffait pas rapidement, l'étrangère tomberait malade. Du peu que j'avais distingué d'elle en grimpant sur une chaise pour atteindre la fenêtre au-dessus de la porte, je lui donnais moins de vingt ans. Elle n'avait pas encore reçu le traitement. Si elle s'affaiblissait, personne ne pourrait lui venir en aide. Elle était bien trop loin des villes pour trouver un médecin.

Il n'y avait personne aux alentours. Lubin s'en était assuré avant notre emménagement. La fille ne pourrait pas atteindre d'autre refuge à moins de se lever tout de suite et de marcher plusieurs dizaines d'heures en tournant le dos à la mer.

La nuit grignotait déjà les limites du paysage. Lubin ne tarderait pas à rentrer et il chasserait l'importune. Il ne tolérerait pas d'intrus sur notre territoire. Et il avait certainement raison. Il avait ses raisons, du moins.

J'ouvris la porte.

PREMIÈRE PARTIE

CHAPITRE 1 :
AIE CONFIANCE...

–

« Règle 3 : Le traitement sera appliqué à tous les enfants, sans distinction de race ou d'origine, dès que leur vingtième année sera atteinte. »

–

La fille leva les yeux vers moi. Les larmes avaient dessiné sa détresse dans la poussière de ses joues. Je patientai... presque une minute entière, un record. Puis, brusquement, je dis :

– Et alors, tu voulais rentrer, je crois. Tu attends quoi, maintenant ?

L'envie de repousser la porte pour la bloquer définitivement me démangeait. Depuis les derniers événements, je n'étais plus très à l'aise avec les étrangers. Ni avec les gens, tout simplement. À part Lubin, bien entendu. Mais c'était différent.

D'un geste nerveux, la jeune fille ramassa une veste trempée et un sac en toile qui l'était tout autant. Quand elle se redressa, ses jambes tremblaient. Elle vacilla en franchissant le seuil, coulant des regards inquiets de chaque côté. Les gouttes d'eau s'accumulaient à ses pieds. Je soupirai.

– Tu es un peu plus petite que moi. Je peux te prêter des vêtements. Sinon, il y a toujours ceux de...

Je me mordis les lèvres. Lubin n'apprécierait pas mon initiative.

– Ne reste pas bloquée ainsi. Avance. Et ferme la porte derrière toi, tu laisses entrer toute l'humidité.

Je la guidai jusqu'à la salle d'eau derrière la cuisine, puis lui ordonnai d'ôter ses frusques pendant que j'allais piocher de quoi l'habiller dans mes placards. J'y retrouvai un jean trop petit, qui datait de l'été dernier. Puis un T-shirt rouge orné du logo du groupe dont Lubin avait fait partie quand il était jeune. Je déposai le tout devant la porte de la salle d'eau, y frappai trois coups et retournai dans le salon. Je m'installai sur un tabouret de bois, penchée en avant, les poignets sur les genoux, tournée vers le couloir de la salle de bains.

Quelques minutes plus tard, la jeune fille avançait vers moi. Ses pieds nus étaient encore blancs d'humidité et de froid. Les vêtements avaient l'air à peu près à sa taille. Elle me rendit mon regard, avec une assurance feinte : la panique criait dans ses yeux. Comme dans sa main droite qui frottait le haut de son bras. Ses cheveux noirs séchaient en rebiquant au-dessus de ses oreilles. J'attendis qu'elle prenne la parole. Pas trop longtemps.

– Tu sais parler ?

L'inconnue acquiesça.

– Dans ce cas, je t'écoute. Mon coloc ne va pas tarder à revenir. Si tu veux dormir ici ce soir, ton histoire a intérêt à être bonne.

La fille serrait toujours les lèvres. Je m'approchai d'elle d'un mouvement rapide, ignorant délibérément son geste de recul.

– Moi, c'est Morane. Normalement, c'est là que tu me donnes ton nom.

– Emrys. Je m'appelle Emrys.

Je fronçai les sourcils.

– C'est un prénom de garçon, ça, non ?

– Ma mère le trouvait suffisamment joli pour une fille, ça te pose problème ?

– Désolée. Je n'ai plus trop l'habitude de... Je suis un peu maladroite. Je suppose que tu as dû traverser des moments pas très drôles, vu ton état et... tout ça. Mais j'ai besoin de te connaître un peu...

– ...avant de la faire entrer dans la maison, par exemple ?

Je savais ce que j'allais découvrir en me retournant. Lubin. Les bras croisés. Ses prunelles d'un bleu froid étaient fixées sur moi.

– Après tout, ce n'est pas comme si je t'avais dit qu'il ne fallait laisser personne entrer ici, ironisa-t-il. Je n'ai peut-être pas été assez explicite. « Personne », c'est un mot un peu vague, ça doit être pour ça.

Il me dépassa sans s'arrêter. Des boucles blondes, en rébellion suite à sa promenade dans l'air humide, encadraient son visage. Il surplombait l'inconnue d'au moins trente centimètres. Elle semblait encore plus fragile dans son ombre.

– Que faites-vous chez moi ?

La froideur de sa voix le vieillissait au-delà de la vingtaine d'années qu'il affichait.

Je ne pus m'empêcher d'intervenir.

– Oh, allez, Lubin. Regarde-la. Elle ne peut pas nous faire de mal. On dirait un oisillon tombé du nid. Détends-toi.

C'était plus fort que moi. J'avais invité Emrys, je devais la protéger. Lubin ne se retourna même pas.

– Pour le moment, c'est encore moi qui juge si une personne est une menace ou non. Et tu es bien placée pour savoir qu'il ne faut pas se fier aux apparences, il me semble.

Il avait raison, bien sûr. Mais là, c'était différent.

– Elle est trop jeune pour...

– Oui, elle n'a pas reçu le traitement. Ce qui ne veut pas dire pour autant qu'elle est fiable.

– J'ai juste besoin d'un endroit où... Je ne resterai pas longtemps.

Lubin se crispa quand Emrys prit la parole.

– Ça, c'est certain.

Emrys se réfugia dans la salle d'eau en marmonnant :

– Je récupère mes affaires et je vous laisse.

Je bondis.

– Non, attends ! Lubin, tu ne peux pas laisser cette fille toute seule dehors… Tu as quel âge, d'abord ?

– Dix-sept ans.

– C'est vrai ? Ça veut dire qu'on a le même âge !

– Comme c'est mignon… Je vous sers un chocolat chaud ou je vous lis un conte de fées ?

Je me retournai vers Lubin.

– Tu sais comment c'est, dehors, la nuit ! Tu ne m'autorises pas à mettre un orteil à l'extérieur. Et tu voudrais la virer ? Lubin…

Je me rapprochai, lui seul devait entendre la suite.

– Si elle est là, c'est qu'elle n'a plus de parents. Elle est toute seule. Quand ça m'arrivera… tu ne souhaiterais pas que quelqu'un m'ouvre sa porte et s'occupe de moi ?

Mes arguments étaient déloyaux. Nous avions un accord depuis notre arrivée dans la maison de la plage : ne jamais évoquer l'après. Je fus moi-même surprise de la brisure dans ma voix. Le regard de Lubin fouilla le mien, et il se contenta d'acquiescer, sans un mot, avant de se réfugier dans la cuisine. En cognant le mur du poing au passage.

Je retins une grimace et me tournai vers Emrys.

– Je suis désolée que tu aies assisté à… tout ça. Il est un peu… Non, il est très protecteur. Tu peux rester cette nuit. Je t'apporterai une couverture et tu dormiras dans le salon.

Emrys sourit.

– J'ai connu pire.

Sa voix tremblait.

– Merci de m'avoir défendue. Je ne veux pas causer de problème entre toi et ton coloc.

Je ne sais pas pourquoi, ça m'ennuyait soudain de faire passer Lubin pour un simple coloc.

– Ce n'est pas mon coloc. C'est mon père.

– Ton père ? Mais…

– Oui, je sais, normalement il aurait dû accepter les quinze ans de vieillissement au moment où je suis née. Disons que… il a eu droit à une dérogation.

J'avais déjà trop parlé. Je filai à la cuisine.

Comme je m'y attendais, Lubin était figé devant l'antique cuisinière à bois.

– Je déteste que…

– Je sais.

Il pivota pour me faire face.

– Il faudra quand même qu'on en parle. Tôt ou tard. On ignore combien de temps il me reste.

– Pas ce soir, Lubin.

– Bien sûr, on n'a qu'à attendre la fin du monde, on n'est pas pressés.

– J'aime quand tu es sarcastique. Tu ne veux pas remuer un peu les sourcils en plus ? Ce serait parfait.

Lubin se prêta à mon jeu, devant mon sourire. Il était en train de se calmer.

– Juste ce soir, Morane. Et puis elle repart. Que sais-tu d'elle ? Elle pourrait être envoyée par…

– Ils ne vont pas engager des gamins ! Les jeunes ne sont pas dignes de confiance, d'après eux, tu te souviens ?

– Ce n'est pas un jeu. Et cette fille n'est pas un chaton égaré que tu as trouvé dehors.

En effet, elle était beaucoup, beaucoup plus que ça. Mais je l'ignorais encore.

Le repas fut tendu. Lubin restait renfrogné et Emrys intimidée. Mes bavardages ne parvenaient pas à alléger l'atmosphère. Même mon exposé sur les livres de notre bibliothèque et sur *Orgueil et préjugés* (mon roman favori) ne dérida pas Lubin. C'est seulement quand il fut monté à l'étage qu'Emrys se détendit un peu. Elle se rapprocha de moi sur le canapé et, tout en surveillant par-dessus son épaule que Lubin ne revenait pas, chuchota fébrilement :

– Il est furieux que je sois là.

– Oui, il se méfie. On a eu quelques... mauvaises surprises.

Emrys demeura longtemps silencieuse avant de poursuivre.

– Il est parti faire quoi là-haut ?

– Oh, ça ! C'est son antre secret !

Elle sursauta.

– Non, je rigole, il est juste allé lire au calme dans sa chambre.

J'espérais que la pénombre camouflait mes joues rougies. Heureusement, Emrys n'insista pas et je la quittai pour la nuit. Je me demandais si elle serait encore là à mon réveil. Quand je lui descendis une couverture supplémentaire, je m'attardai plus longtemps que nécessaire.

– Je regrette que... Tu as l'air sympa. J'aurais aimé avoir le temps de mieux te connaître.

Elle était la seule présence féminine depuis des mois, et en plus elle avait mon âge. J'aurais voulu qu'elle reste avec nous. Sans plus réfléchir, je l'enlaçai.

– Je suis désolée pour tout ça. J'aurais aimé pouvoir t'aider davantage.

Je repartis en courant vers l'escalier. J'étais un peu honteuse de mon élan. L'isolement me faisait souffrir plus que je ne le pensais. Je rejoignis ma chambre à regret, persuadée que je ne fermerais pas l'œil de la nuit. J'avais tort. Car un vacarme épouvantable au rez-de-chaussée me réveilla en sursaut quelques heures plus tard.

CHAPITRE 2 :
JUSTE DES BRUITS DANS LA NUIT

–

« Règle 12 : Les seules personnes qui pourront avoir accès à des soins médicaux seront les enfants avant leur traitement, et uniquement si leur état de santé laisse supposer qu'ils seront au meilleur de leur forme lorsqu'ils atteindront l'âge de vingt ans. »

–

Qu'est-ce qui me tira du sommeil ? Le bruit de la vitre brisée, celui des meubles renversés ou les cris ?

On nous avait retrouvés.

Malgré toutes nos précautions, nous avions été repérés. Je m'assis dans mon lit, serrant la couverture. Lubin avait essayé de me préparer à cette éventualité. Pourquoi ne savais-je plus ce que je devais faire ? Me barricader ? Sauter par la fenêtre pour m'enfuir dans la nuit ? Rejoindre un autre refuge ? Affronter les intrus ?

Quand ma porte s'ouvrit, je hurlai.

– Ce n'est que moi. Tu vas bien ?

La silhouette de Lubin se détachait dans l'entrée. Une forme sombre descendait de son bras vers le sol. La hache qu'il conservait à portée de main pour ce genre de situation. Je hochai la tête, incapable d'articuler un mot.

– Bien. Ne bouge pas.

Il s'éloigna d'un pas souple, refermant la porte derrière lui. Je restai recroquevillée. Les bruits continuaient. Il y avait des échanges de voix masculines, des objets qui se brisaient, d'autres sons plus sourds… Je ne quittais pas des yeux la poignée de la porte, prête à sauter au cou de Lubin quand il reviendrait. Les ombres jouaient à saute-poussière, le bois des murs craquait et moi, je retenais ma respiration. Soudain, la maison se tut. Il y avait deux options. Lubin s'était débarrassé des intrus. Ou l'inverse.

Ma porte ne m'avait jamais paru aussi loin. Je n'étais pas prête à affronter ce qui m'attendait derrière. Mais je devais savoir.

Mes pieds nus écrasaient les marches de l'escalier. Je tendais l'oreille, espérant entendre la voix de Lubin.

Mais j'entendais seulement le vent qui soufflait à l'intérieur du salon, et des sanglots étouffés… Il y avait au moins une personne encore vivante.

Le canapé était renversé. Ce fut la première chose que je vis en atteignant le salon. Avant d'apercevoir Lubin penché à côté. Plié en deux. Peut-être blessé ? Je courus vers lui, attrapai son bras, expulsai mon angoisse dans un murmure.

– Lubin ?

– Tout va bien. Ils se sont enfuis dès que je suis arrivé, j'ai dû leur faire peur. Ils pensaient sans doute que je dormais. C'est pour elle que je m'inquiète.

Emrys était allongée sur le sol. Une tache sombre engloutissait le motif du T-shirt que je lui avais prêté.

– La trousse de secours. Dans la salle de bains. Maintenant, Morane.

L'ordre, proféré d'un ton sec, me sortit de ma torpeur. Lubin savait ce qu'il devait faire. Pas moi. Mes mains tremblaient quand je lui tendis les bandages et le désinfectant.

Lubin souleva délicatement le T-shirt d'Emrys, qui collait contre sa peau. Il soupira entre ses dents en examinant la blessure à la lumière de la lune. Je levai les yeux vers le plafond et je compris pourquoi nous restions dans le noir. L'ampoule avait explosé. Il devait y avoir une lampe-tempête dans l'entrée, des bougies dans un tiroir de la cuisine… Mais j'étais incapable de la moindre initiative.

Lubin tâta les bords de la blessure béante.

– Ça va faire mal, petite. Tu es prête ?

Après le hochement de tête d'Emrys, il vida la bouteille de désinfectant sur la plaie. Le produit moussa, éliminant une partie du sang. Une partie seulement, car il revenait aussi vite qu'il disparaissait. Lubin extirpa d'une trousse une aiguille et du fil, les aspergea à leur tour de liquide après avoir enfilé des gants. Puis il commença à recoudre Emrys. Elle ne parvint pas à retenir un gémissement. Peut-être pouvais-je être utile, finalement. Je m'agenouillai à côté d'elle et lui pris la main.

– Regarde-moi. Je t'ai parlé de mon livre préféré, tout à l'heure. Tu l'as déjà lu ?

Emrys secoua la tête, les lèvres serrées pour ne pas crier. Et je me mis à lui raconter l'histoire du roman de Jane Austen. Je le connaissais presque par cœur. Le regard d'Emrys ne quittait pas le mien. Nous étions dans une bulle, parvenant presque à oublier les sursauts de douleur qui l'ébranlaient et refermaient ses doigts sur les miens. Ses mains étaient glacées alors que des gouttes de sueur perlaient sur ses tempes.

Quand j'eus terminé le résumé d'*Orgueil et préjugés*, nous étions seules dans la pièce. Son travail achevé, Lubin avait disparu dans la maison. Je ne l'avais pas vu partir. Je me levai, les jambes ankylosées.

– Ne me laisse pas. S'il te plaît, souffla Emrys.

Je me réinstallai à ses côtés et m'allongeai en nous enveloppant dans la même couverture, puis fermai enfin les yeux. Je pensais que le sommeil était parti avec les fuyards. Une odeur de café chaud me réveilla pourtant quelques heures plus tard.

CHAPITRE 3 :

COMMENT LUTTER CONTRE LA FIÈVRE

–

« Règle 15 : Pour le bien de tous, les médicaments seront évidemment limités. Les corps les plus en forme et les plus à même de rester jeunes sont ceux qui ont appris à puiser dans leurs ressources. »

–

Lubin était debout à l'entrée du salon, ses pieds nus à quelques centimètres des débris de verre. Une tasse en métal remplie de café réchauffait ses mains.

– Je ne sais pas comment tu peux avaler ça.

Ma bouche était encore pâteuse. Lubin me comprit pourtant : cette phrase faisait partie de nos rituels matinaux.

– Tu verras quand tu seras grande.

La réponse aussi.

Je voulais te dire que tu as très bien réagi, hier soir. C'était une bonne idée de ne pas allumer de lampe.

– L'ampoule était brisée, ce n'était pas mon idée.

Lubin n'esquissa même pas un petit sourire.

– Si on avait utilisé la lampe-tempête, on aurait attiré l'attention. Certes, ils étaient partis, mais bon… J'ai connu de meilleures conditions pour opérer, mais je m'en suis sorti, je crois. Par contre, elle ne pourra pas repartir ce matin.

Je me tournai vers Emrys, toujours couchée dans le salon. Quelques mèches courtes se collaient à son front et je me rapprochai pour les repousser doucement, tentant d'évaluer l'étendue des dégâts.

J'entendis alors Lubin, mais le début de sa phrase m'échappa.

– ... et je ne crois pas aux coïncidences.

Il fronça les sourcils devant mon air interrogatif.

– C'est étrange que l'on se fasse attaquer juste après son arrivée. Alors que nous sommes ici depuis des mois.

– Peut-être que des gens l'ont suivie.

– C'est aussi ce que je pense. La question étant de savoir si elle les a laissés la suivre...

– Lubin ! Regarde-la. Si elle avait un lien avec les événements de cette nuit, tu crois qu'elle serait dans cet état ?

Il évita mon regard.

– Non, sans doute pas. Mais je paierais quand même cher pour savoir si c'étaient de simples cambrioleurs, ou si c'étaient eux, et...

La fin non prononcée de sa phrase flottait entre nous. *Et s'ils vont revenir.*

Nous avions du pain sur la planche pour éliminer les débris de la nuit. Je m'activais en silence, afin de laisser Emrys se reposer. Lubin démembra un meuble en bois et calfeutra avec ses planches la fenêtre détruite dans l'attaque.

Je m'approchai de la baie vitrée. Le paysage m'avait toujours apaisée. Ce jour-là, pourtant, le sol hérissé d'oyats me semblait menaçant. J'y pressentais la présence d'ennemis rampant entre les herbes hautes. Un gémissement d'Emrys me sortit de mes songeries. Elle brûlait de fièvre sous les couvertures qu'elle repoussait. Je criai pour appeler Lubin. Il se rua dans la pièce, sa hache à la main, tournant la tête dans tous les sens.

– Où sont-ils ?

– Non, ce n'est pas... C'est Emrys. Elle ne va pas bien, Lubin, je...

– Oh, c'est tout. C'est normal.

– Quoi ?

L'indignation bloquait les mots dans ma gorge.

– Son corps a été attaqué, il se défend. Si elle n'avait pas de fièvre, là, je m'inquiéterais.

– Mais… Il ne faudrait pas lui donner des médicaments ? Au moins de l'aspirine ?

Lubin se figea.

– On doit les économiser, Morane. On pourrait en avoir besoin plus tard.

– Mais tu as autant de médicaments qu'un laboratoire pharmaceutique. Tu ne vas pas me dire qu'on ne peut pas en partager quelques-uns… Imagine si c'était moi, sur ce canapé, Lubin.

– Je fais mon maximum, Morane. Si j'estime que son état devient inquiétant, j'agirai. Pour le moment, son cerveau est parfaitement capable de résister à quelques degrés de plus. Crois-moi, je sais ce que je fais.

Sa voix un peu trop sourde trahissait un léger doute. Ses épaules s'affaissèrent quand il quitta la pièce. Je m'éloignai d'Emrys le temps d'aller tremper un morceau de tissu dans de l'eau fraîche. Lubin savait ce qu'il faisait. Je gardais confiance. Même si les heures étaient ponctuées par les gémissements d'Emrys. Même si je ne pouvais rien faire d'autre que renouveler le linge mouillé contre son front, et parler, parler, parler. Pour occuper le silence, pour oublier que cette fille souffrait et que nous avions choisi de ne pas la soulager.

Je perdis le compte des heures. Lubin revint avec un bol de bouillon.

– Elle a besoin de se nourrir. Elle ne doit pas s'affaiblir.

– Emrys, elle s'appelle Emrys, pas « elle ». Peut-être que si tu acceptes de dire enfin son prénom, tu te rappelleras qu'elle est un être humain et qu'elle a besoin de notre aide.

Ma mâchoire crispée m'empêchait de bien articuler. Mais c'était suffisant pour que Lubin me comprenne.

– Morane, je t'ai expliqué…

– Oui, je sais. Et il faut toujours suivre la voie de la raison, n'est-ce pas ?

Je me levai pour m'isoler dans les toilettes. Mes mains tremblaient sous l'eau froide. Dans le miroir, je voyais une fille paumée, avec des mèches bleues se mêlant à ses boucles blondes, des yeux couleur de mer qui semblaient sur le point de se noyer. Je devais me ressaisir. J'essuyai d'un revers de manche une larme qui tentait de s'inviter.

Mon pas était plus vif quand je revins. Lubin était agenouillé à côté du canapé. Il avait adossé Emrys à quelques coussins et s'efforçait de lui faire avaler de la soupe. Elle paraissait déglutir par réflexe. Presque à chaque cuillerée. Parfois, le liquide coulait sur son menton et Lubin l'essuyait doucement. Il ne se tourna pas vers moi pour me parler.

– J'ai mis un peu d'anti-inflammatoire dans son bouillon. Pas beaucoup. Je ne veux pas masquer d'éventuels symptômes.

Il laissa planer un silence avant de reprendre.

– Je t'ai laissé un bol sur la table de la cuisine. Il doit être encore chaud. Tu peux y aller tout de suite. Ou m'attendre et je viendrai manger avec toi.

Je déglutis.

– Lubin, je…

– Je ne suis pas aussi insensible que tu le penses, Morane. Même si, pour toi, c'est sans doute plus facile de croire que j'agis uniquement pour te pourrir la vie.

Il se tourna vers moi.

– Je cherche juste à ce que tu aies une vie.

Je hochai la tête.

– Je sais. Je t'attends dans la cuisine.

CHAPITRE 4 :
ÊTES-VOUS PRÊT À VIEILLIR ?

–

« Règle 30 : La prolongation de jeunesse ne peut excéder cinq décennies. Chaque personne traitée sera prévenue de ce qu'il adviendra à l'issue de celles-ci. »

–

Emrys bougeait à peine, toujours clouée au canapé, mais elle retrouvait la parole. Parfois, des vagues de douleur la submergeaient. Lubin lui donnait des médicaments avec parcimonie et je l'acceptais. Presque. J'avais déménagé couvertures et coussins au pied du canapé, pour veiller sur elle de jour comme de nuit.

Après une semaine, je commençais enfin à me détendre. Lubin était loin de partager mon optimisme.

– Ils vont revenir, c'est sûr.

C'était le matin. Nous terminions notre petit déjeuner dans le salon. J'étais accroupie à côté de la table basse. Je souris.

– Tu dis ça juste parce tu cherches une excuse pour sortir et examiner les environs. Ça fait plus d'une semaine que tu n'as pas mis les pieds dehors. Je suis étonnée que tes baskets n'aient pas déjà décidé de partir sans toi et d'aller trouver un nouveau propriétaire. Tu les déçois beaucoup, tu sais.

– Bon sang, Morane, à ton âge tu devrais savoir quand il faut être sérieuse. On ne peut pas toujours faire de l'humour.

Je sursautai. Pourquoi un tel éclat ? Il ne m'accorda pas le droit de répondre.

– Tu crois vraiment que je pourrais sortir et vous laisser seules ici ? Avec n'importe qui en train de nous guetter ? Et toi qui n'es même pas capable de maintenir une porte fermée quand je te le demande !

Mes doigts se crispèrent sur le bol.

– Je pensais que nous avions déjà eu cette conversation. Tu vas me le reprocher indéfiniment ?

– Juste le temps nécessaire pour que tu grandisses.

Le ton avait monté. Emrys en lâcha sa tasse de café, qui se renversa sur la couverture.

– Je ne veux pas… Je ne veux pas être une source de disputes entre vous. Lubin, tu as dit que je pourrais me lever aujourd'hui, n'est-ce pas ?

Elle n'attendit pas sa réponse.

– Laissez-moi un jour ou deux pour me remettre encore un peu et je partirai. Je vous promets que…

Elle hésita, puis capta mon regard.

– Je ne voulais pas ce qui est arrivé. Il faut que tu me croies.

Je la rassurai, pendant que Lubin remontait vers son bureau et fermait sa porte.

Hélas, ce bruit en cacha un autre. Celui d'une autre porte qui, elle, s'ouvrait. Celle de l'entrée.

L'homme qui pénétra dans la pièce présentait tous les attributs de la vingtaine : une peau lisse, des yeux brillants, des cheveux souples… Seul le tremblement de ses mains trahissait son âge véritable. Emrys l'aperçut la première et son regard écarquillé m'alerta. Je me retournai. L'intrus nous menaçait d'un outil électrique avec lequel il avait dû forcer la porte.

– Nous n'avons rien de valeur ici. Vous feriez mieux de partir.

Je passai mentalement en revue la liste de toutes les armes potentielles camouflées dans des endroits stratégiques. Les leçons de Lubin allaient enfin servir.

– Vous devez m'aider. Je ne veux pas mourir. Je ne veux pas vieillir.

– Je ne peux rien pour vous, le processus est irréversible, vous le savez.

Ce n'était pas la première fois que je faisais face à un individu au seuil de sa soixante-dixième année. Ils acceptaient rarement avec joie ce qui allait leur arriver. La science leur offrait cinquante ans de retard, mais le vieillissement et la mort surgissaient d'un coup. Ces personnes s'accrochaient à tout ce qui pouvait leur permettre de conserver le corps de leurs vingt ans… et la vie.

– Je sais qu'il est là. Ce n'est pas qu'une rumeur. C'est un génie de la science, il travaillait dans les labos… Il connaît sûrement le moyen de bloquer le vieillissement. Je ne demande pas grand-chose, juste quelques années de plus. Quelques mois peut-être. Je ne suis pas prêt.

L'homme avait abandonné la menace pour les suppliques. Sa main armée pendait à ses côtés et il avançait vers nous d'un pas traînant. Ses yeux pleuraient, déjà couverts d'un voile, sa voix chevrotait.

J'avais pitié de lui. Mais je ne pouvais pas l'aider.

– Je suis désolée. Il n'y a aucune autre option possible. Vous l'aviez accepté…

– Il y a cinquante ans ! J'avais vingt ans. On ne sait rien quand on a cet âge-là ! Et après on oublie… Vous êtes encore jeunes, vous. Vous croyez sûrement avoir toute la vie devant vous ! Je veux ça aussi. J'y ai droit ! On ne peut pas me l'enlever comme ça, brusquement. Ce n'est pas… juste !

Son ton était passé de la colère à l'incrédulité. Une dent était tombée pendant qu'il prononçait sa phrase. Une grimace de dégoût tordit le visage d'Emrys. L'homme se rapprochait. Si je ne trouvais pas un moyen de le repousser, il allait bientôt nous toucher. L'idée d'être frôlée par un être en fin de contrat Dorian Gray me révulsait. Emrys se tassa sur elle-même. L'homme n'était plus qu'à un pas. Il tendit le bras. Puis il trébucha. Son pied droit s'était tourné vers l'intérieur, refusant d'avancer. Il baissa la tête, tenta de tirer sa jambe à l'aide de sa main libre. N'y parvenant pas, il lâcha son outil et agrippa le tissu de son pantalon. En vain. Ses genoux s'écrasèrent au sol dans un bruit de fruit trop mûr. Il ouvrit la bouche, mais ne put prononcer un mot : ses autres dents se déchaussèrent d'un coup. La peau de son visage se flétrit autour de l'ouverture de sa bouche, et ses mains soudain tavelées vinrent la tâter. Ses cheveux se détachèrent de son crâne, puis flottèrent dans les airs avant d'atteindre le sol. Son dos se courba, pendant que ses bras retombaient, inutiles. Ses yeux, perdus derrière une fulgurante cataracte, furent les derniers à mourir, fixés dans les miens.

Emrys était tétanisée, ses mains crispées sur la couverture. Ses lents déglutissements n'étaient pas loin du haut-le-cœur. C'est le moment que choisit Lubin pour nous rejoindre.

– Qu'est-ce que… ?

Je me forçai à relever le menton pour le regarder. Mes mots étaient teintés d'une intonation quelque part entre le dégoût et l'horreur.

– Je crois qu'il faut vérifier la fermeture de notre porte.

Il hocha la tête.

– J'ai reçu un message de Jackson. On s'en va.

CHAPITRE 5 :
NE JAMAIS SIGNER UN CONTRAT QUE L'ON N'A PAS LU EN ENTIER

–

« Règle 32 : Tous ceux qui décideront de devenir parents devront accepter une mise à jour du contrat. Hommes et femmes seront soumis au même traitement. »

–

J'étais incapable de préparer mon sac une nouvelle fois. Choisir ce qu'il fallait emporter, ce que je devais laisser… Je reposais un objet après l'autre, dépliais mes vêtements pour mieux les examiner, passais d'une pièce à la suivante sans m'arrêter. Lubin avait retiré le corps du salon, mais j'évitais toujours la zone où l'homme était arrivé au terme de son contrat Dorian Gray. Même Emrys, pourtant incapable de gravir les escaliers sans aide, avait demandé à dormir ailleurs. Lubin m'avait surprise en acceptant. Il avait monté sans rechigner couvertures et coussins dans la chambre que nous allions partager.

Je m'étais contentée d'expliquer à Emrys que Jackson était un vieil ami de la famille. Pas question de confier les secrets de Lubin sans sa permission. Et je n'avais pas menti. J'avais juste limité la part de vérité.

Emrys cherchait de la lecture sur les étagères. Mais ce n'était pas un livre qu'elle tenait entre ses mains.

– Lâche ça !

Elle sursauta et le carnet tomba sur le sol. Une page resta pliée. Je me précipitai pour le ramasser, lissant le papier du plat de la main, berçant le carnet comme un oiseau blessé. Sous mes doigts se dessinaient une forêt au bord d'un lac, une enfant courant vers la rive...

– Je ne voulais pas...

Emrys se reprit.

– C'est toi qui as peint ce paysage ?

– Non, ma mère.

Ma gorge était serrée, je me refusais à croiser le regard compatissant d'Emrys.

– Elle a disparu quand j'avais dix ans. On était malades, toutes les deux. J'étais fiévreuse, je toussais. Mais j'avais des médicaments, et je ne comprenais pas pourquoi ma mère ne guérissait pas. Elle était... Elle avait décidé de refuser la prolongation de jeunesse. Elle vieillissait, comme autrefois.

– Mais comment... ? Je n'ai jamais entendu parler d'une personne qui avait pris cette décision. Du moins pas volontairement.

– Il y en a. Mais elles sont rares, les risques sont trop grands. Ah ça, il est super, ce contrat Dorian Gray. Diminuer les dépenses de santé, c'est pas si mal. Tout le monde était d'accord. Tu parles : avoir un corps qui reste bloqué à l'âge de vingt ans pendant cinquante ans, immunisé contre toutes les maladies possibles, toujours en pleine forme, c'était le rêve absolu pour tous ces adultes. Du moins jusqu'au moment où ils vieillissent d'un coup et meurent.

– Comme l'homme dans le salon.

– Ouais, c'est ça. Mais tout le monde n'accepte pas le contrat, certains estiment qu'il est perverti. Certains, comme ma mère... Ceux qui refusent la jeunesse doivent aussi accepter que la société ne paiera pas pour eux s'ils tombent malades. La plupart des médecins s'opposent à les soigner, ils affirment qu'ils ne sont pas formés pour traiter des corps vieillissants… Et maman… Son état s'était aggravé. Elle ne guérissait pas.

Mes doigts se serraient sur le carnet.

– Je n'oublierai jamais le moment où mon père est venu m'annoncer que ma mère avait disparu. Il y avait tellement de tristesse dans son regard…

Le nœud dans ma gorge prenait maintenant toute la place. Mon chagrin d'enfant gardait la même force. Emrys fit un pas vers moi, mais je me détournai.

– Et ton père, justement ? Il aurait dû être débloqué pour ta naissance, en principe, non ? Enfin, je veux dire, je n'ai jamais vu un parent qui avait toujours l'air d'avoir vingt ans !

– Ça, ça ne te regarde pas !

Emrys s'entêta.

– Il y avait beaucoup de différence d'âge entre tes parents ?

– En apparence, ma mère était la plus âgée. Mais en réalité… il ne reste plus beaucoup de temps à Lubin avant que… Eh merde !

Mon poing heurta le mur. Je me réfugiai dans la salle de bains. J'envoyai voler les serviettes. Le front collé au miroir, un murmure s'échappait de mes lèvres, serrées pour ne pas hurler.

– Merde, merde, merde, merde… Je ne craquerai pas, je ne craquerai pas, je suis plus forte que ça…

Le verre froid m'apaisait. À peine. Une main sur mon bras m'avertit : je n'avais pas entendu la porte s'ouvrir.

– Je suis désolée. Encore…

Emrys toussota nerveusement.

– C'est en train de devenir une habitude. Je sais ce que c'est que de perdre des êtres chers. Ou d'être sur le point de les voir disparaître de sa vie. Je ne voulais pas…

Je pivotai vers elle d'un mouvement brusque, cherchant le réconfort dans son regard.

– Et comment on fait pour y survivre ?

Les lèvres d'Emrys imitèrent un sourire, ne parvinrent qu'à se relever d'un coin.

– On n'y arrive pas.

Je m'écroulai dans ses bras et nous glissâmes toutes les deux au sol, enfermées dans nos chagrins. Emrys m'enlaça et les battements de mon cœur se fondirent dans le rythme du sien.

Des vies entières passèrent avant que le soir ne nous retrouve et que Lubin nous appelle pour le repas. Le dernier que nous devions partager dans cette maison.

CHAPITRE 6 :
TANT DE PAS À RATTRAPER

–

« Règle 143 : La science sera toujours prioritaire afin de permettre à chacun de respecter son contrat dans les meilleures conditions possible. »

–

Ce soir-là, nous nous endormîmes en écoutant la guitare de Lubin nous bercer depuis le salon. Je n'avais jamais vu Lubin sans sa guitare. Je fus d'autant plus surprise, au matin, de trouver la guitare abandonnée sur la table basse, la porte ouverte, et le seul bâillement du vent comme dernière trace de Lubin.

Il n'y avait pas de signes de lutte dans la pièce, pas de mot non plus. Seules une patère de travers et une chaussure de marche abandonnée trahissaient un départ précipité. Emrys me suivait pendant que je faisais le tour de la maison en quête d'un indice.

Nous rejoignîmes la cuisine, prîmes des bols... Je ne me souvenais même plus des gestes pour préparer un petit déjeuner. Emrys me réveilla de mon hébétement.

– Et maintenant, on fait quoi ?

– Lubin ne peut pas être parti de son plein gré.

Je plongeai ma tête entre mes mains.

– Je ne sais pas où il est. Je ne sais pas ce que nous devons faire. Il faudrait l'attendre...

– Ou aller à sa recherche.

Emrys se mordillait les lèvres.

– Il y a peut-être des indices dans son bureau. Tu sais comment l'ouvrir ?

– Je n'ai pas la clé. Lubin la porte en permanence sur lui.

– D'accord. Mais avec une bonne hache, ou un truc solide, on devrait en venir à bout et…

– Laisse tomber. Ce n'est pas du bois, c'est un composite quelconque hyperdense. On n'y arrivera pas. Et même… je ne serais pas étonnée qu'il ait installé un système de sécurité pour que tout s'autodétruise si quelqu'un forçait l'entrée… Il était… Il est un peu parano sur le contenu de cette pièce.

– Oh.

Le silence nous tint compagnie un moment. Puis, les mains appuyées sur la table, je me redressai.

– On ne va pas rester ici à attendre indéfiniment. Le mieux, c'est de rejoindre Jackson. J'ignore pourquoi nous devions lui rendre visite, mais si quelqu'un sait ce qui est arrivé à Lubin, ou comment l'aider, ce doit être lui.

– C'est un ami de ton père, c'est ça ?

J'acquiesçai.

– Ce sont d'anciens collègues, ils sont très proches l'un de l'autre.

– Dans ce cas, tu as raison. Inutile de s'attarder ici. Tu veux que je vienne avec toi ? Je sais que je vais te ralentir, mais… je n'ai pas vraiment d'endroit où aller.

Emrys avait baissé la tête. Je n'osai pas lui dire que sa proposition me rassurait. Affronter l'extérieur toute seule était loin de m'enchanter.

Nous avions un nouveau but. Le refuge de Jackson était à plusieurs jours de marche. Mais c'était mieux que de rester là à attendre la prochaine disparition.

Je me précipitai dans l'escalier, criant d'en haut à Emrys que je lui lançais son sac à dos. Sur une impulsion, j'emportai le carnet de ma mère, resté sur ma table de nuit depuis la veille. Avant de le glisser dans mon sac, j'en arrachai une page pour la glisser sous la porte de l'antre de Lubin. « Je suis le plan prévu. Rattrape-nous si tu peux. » Lubin serait fier de moi. Le mot ne comportait rien qui pourrait guider nos ennemis.

Revenue dans le salon, j'attrapai sa guitare et la coinçai de travers par-dessus le sac. Emrys sourit en détaillant mon harnachement.

– Tu tiens vraiment à emporter cette guitare ?

– Lubin m'en voudra si quelqu'un l'abîme.

C'était surtout un objet qui me liait à lui.

Dans l'entrée, il y avait un sac de vivres déjà prêt pour le voyage. Une précaution de Lubin, en cas d'évacuation rapide.

– On portera le sac à tour de rôle. Je prends le premier tour, tu dois encore faire attention à ta cicatrice.

– Mais tu ne peux pas… Avec la guitare, je veux dire.

– Rien de plus simple, je le placerai devant moi. Sur mon ventre.

Emrys soupesa le contenu.

– Il va te déséquilibrer.

Mon ton monta dans les aigus.

– On n'a pas vraiment le choix. Nos sacs sont déjà pleins à craquer. On doit emporter de quoi manger !

– Mais peut-être que nous n'avons pas besoin d'autant de nourriture. Je veux dire… Maintenant que… nous ne sommes plus que deux.

Emrys termina sa phrase sur un murmure. Ce qui me facilita la tâche pour l'ignorer. Je me promis que nous serions bientôt trois de nouveau.

J'enfilai les bretelles du sac par-dessus les autres, vacillant à peine sous le poids supplémentaire. Puis je levai le menton vers la sortie… Lubin m'avait tellement répété de ne pas sortir sans lui. Mais Lubin n'était plus là.

Des pas rapides sur le bois, puis sur le sable, me rattrapèrent. Le souffle heurté d'Emrys me poursuivait. Je n'avais qu'à balancer un peu plus le bras en arrière pour vérifier sa présence, juste un battement de cœur derrière moi. J'y puisais le courage de m'éloigner, une enjambée après l'autre, de ce qui avait été mon seul refuge depuis des mois. Depuis que des scientifiques nettement moins avenants que Lubin avaient décidé que je vivrais d'une manière plus intéressante sous leurs microscopes. Cette expérience aurait dû me traumatiser. Elle avait précipité notre fuite. Quand nous étions partis, je n'étais qu'une chose chétive qui ne croyait même plus en son ombre. Mais ce matin-là, chaque pas me projetait en avant. Pour la première fois depuis longtemps, trop longtemps, je reprenais l'initiative.

J'inspirai profondément. L'air charriait des effluves salés, le sable crissait sous mes baskets usées, dérapant parfois sous ma semelle. Il n'y avait pas de route face à nous. Même les promenades de Lubin n'avaient pas tracé de sentier : il empruntait chaque jour une direction différente. Cet espace grand ouvert était plus une promesse de liberté que de danger. Au moins pour quelques instants. Le temps pour Emrys de m'interroger.

– Tu sais où on va ?

– Vers l'infini et au-delà !

Lubin et Jackson répétaient toujours ce mantra avec un sourire qui les rajeunissait. J'avais souvent voulu le leur emprunter. Emrys ne partageait pas mon enthousiasme. Elle se plaça devant moi pour m'obliger à ralentir.

– Je suis sérieuse, Morane. As-tu la moindre idée de la direction à suivre ? Nous ne pouvons pas errer à l'aventure, juste pour le plaisir.

Je l'interrompis, les mâchoires contractées.

– Je le sais, qu'est-ce que tu crois ? Mais tu dois me faire confiance. Quelques jours de trajet nous attendent, et je connais tous les refuges où s'arrêter.

Je fermai les yeux. Puis je m'envolai en courant, les bras ouverts pour embrasser l'espace.

Au bout de quelques mètres, le poids des sacs me ralentit avant de me projeter sur le ventre, les bras toujours écartés, le choc amorti par la nourriture. Les arêtes des boîtes de conserve écrasaient mes côtes. Je respirais pourtant avec plus de liberté que depuis des semaines.

Emrys s'accroupit à un pas de moi.

– On ne va pas aller bien loin si tu t'arrêtes tout le temps.

– C'est pour te laisser l'occasion de me rattraper, mon enfant. Si tu en as envie, bien sûr.

– Je le crains, dit-elle en tendant la main pour me relever, avant de grimacer sous mon poids.

– Tu n'aurais pas dû. Ta cicatrice te fait mal ? Montre voir…

– Ma cicatrice va très bien. Je n'aime pas lambiner, c'est tout. Allons-y. Indique-moi le chemin, puisque tu le connais si bien.

Emrys ajusta brusquement les bretelles de son sac à dos et s'écarta, les yeux surveillant l'horizon immobile. Il ne nous restait plus qu'à reprendre notre route.

CHAPITRE 7 :
TROUVER DE L'EAU

–

« Règle 112 : Le contrat vise à réduire les frais de santé pour tous les citoyens. Mais ils seront aussi attentifs à préserver leur environnement, notamment en utilisant des véhicules économes en énergie. »

–

Quelques plaques de tôle assemblées, camouflées sous des branchages qui auraient pu être disposés là par hasard. Ce fut le premier abri que nous atteignîmes, la nuit ayant remporté la course et s'étant arrêtée bien avant nous. Nous y tenions à peine à deux, les sacs repoussés dans le fond, à côté du creux laissé par les loutres que nous avions chassées. Si Lubin avait été du voyage, il aurait dormi dehors pour guetter les intrus. La nuit était douce, comme il l'avait escompté. Emrys bavardait pour tromper notre angoisse.

Nous nous étions écroulées sous le toit de métal. Depuis je cherchais la force de préparer un repas, de vérifier l'état de la cicatrice d'Emrys, d'étendre un semblant de couchage. Je restais allongée, tournant le dos à Emrys. Mes dents et le reste de mon corps grinçaient d'une frustration que je ne m'expliquais pas. Je voulais qu'Emrys se taise et je redoutais le silence. Ses phrases s'espaçaient de plus en plus, pendant que je me mordais les lèvres. Les mots que je refoulais finirent pourtant par s'inviter.

– Il n'est pas là. Il n'est pas venu ici. Il… Je ne sais même pas pourquoi on suit ce chemin.

Comme Emrys se taisait, je pivotai pour lui faire face.

– On aurait dû rester là-bas, dans la maison. Dehors… c'est dangereux.

Emrys se perdait dans l'obscurité, ses courts cheveux sombres se fondaient dans la pénombre.

– Nous n'avions pas d'autre piste. Et nous avons besoin d'aide. Que voulais-tu que nous fassions, seules, dans cette maison ? Nous devons trouver un moyen de secourir Lubin, c'est pour cette raison que nous sommes parties, tu te souviens ?

– Je sais, mais… Si je me perds ? Si nous errons pendant des jours, juste pour nous jeter dans les bras d'une bande de bientôt-morts ? Lubin m'a toujours strictement interdit de sortir une fois la nuit tombée, pour éviter de les rencontrer. Il n'a pas eu besoin d'insister beaucoup : ces types en fin de contrat m'ont toujours effrayée. Ils n'ont plus rien à risquer, ils ne s'embarrassent plus de morale.

Emrys prit ma main dans la sienne.

– Ces bandes tournent surtout dans les villes. Ils ne s'amuseraient pas autant à la campagne. Qu'est-ce qui pourrait les attirer, ici ? OK, apparemment, ton père était… est un grand manitou de la science ou je ne sais quoi, et certains veulent le rencontrer. Mais sinon, pourquoi des gens qui arrivent au bout de leurs cinquante années de jeunesse supplémentaires iraient se perdre en pleine nature ? S'ils veulent briser des choses et blesser d'autres personnes pour montrer qu'ils ne sont pas d'accord avec le fait de mourir, ils auront nettement plus d'écho dans les villes. Ici, on est tranquilles.

Je n'étais pas convaincue. Elle accentua la pression sur mes doigts.

– J'ai un mantra : c'est toujours mieux d'avancer que de laisser le temps nous grignoter sur place. Tu as bien trouvé cet abri, non ?

Le sourire dans la voix d'Emrys ne suffisait pas à retenir mes geignements.

– C'est juste un coup de chance. On n'en aura peut-être pas autant demain. Et puis…

– Au pire, nous dormirons dehors. J'en ai vu d'autres avant de te rencontrer. On ne meurt pas d'une nuit à la belle étoile.

Je tressaillis, alors que la chaleur du corps d'Emrys se rapprochait.

– Par contre, on peut mourir de faim. C'est toi qui as l'ouvre-boîtes. Et si tu ne te décides pas à préparer à manger, je serai obligée de te frapper avec une conserve jusqu'à ce que tu implores ma pitié.

La nuit rendait toutes les boîtes semblables. Une conserve de raviolis gluants, la sauce froide s'accrochant aux couverts, et une deuxième, sirupeuse de jus de pêche, furent tirées du sac. Nous les partageâmes, économisant nos réserves. Je m'allongeai dès la dernière bouchée avalée. Il n'y avait plus assez de lumière pour s'occuper autrement. Je devrais attendre le matin pour vérifier la cicatrice d'Emrys.

Notre repaire était tellement étroit que sa respiration jouait avec mes cheveux. Ce souffle léger, répété, me rassurait. Le sommeil s'invita bientôt, et notre première nuit à l'extérieur passa sans alarme.

Le réveil fut moins agréable. Mes muscles étaient très douloureux, les sacs semblaient avoir pris du poids pendant que je dormais. Du sang perlait sous le bandage d'Emrys. Elle avait cru pouvoir me le cacher. En vain.

Je soulevai doucement les bandes de tissu blanc qui entouraient son ventre. La plaie était presque cicatrisée. Les frottements de la marche avaient arraché quelques croûtes, la peau rougissait tout autour, mais je ne distinguais rien d'inquiétant.

– C'est bon, tu es rassurée ? Je t'avais dit que ce n'était rien.

– Peut-être. Mais il vaut mieux être prudentes. Dehors, avec le sable et l'humidité, ça pourrait vite s'infecter et…

– Et ce n'est pourtant pas arrivé. On prend le petit déj et on repart ? J'aimerais bien me poser avant la nuit, cette fois !

L'impatience d'Emrys ne m'empêcha pas de dérouler une nouvelle bande, puis de la serrer de mon mieux. Notre petit déjeuner, à base de fruits séchés et d'eau de la veille, n'était pas des plus appétissants. Nous devions absolument trouver une source pendant la journée. Et je n'osais pas lui dire que j'avais complètement oublié où les chercher.

J'avais beau scruter l'horizon, je n'y voyais que du sable et des oyats. Je suivais le sentier en espérant que les vents n'avaient pas trop déplacé les dunes, qu'il n'y avait pas d'autre chemin à croiser. Le premier refuge avait été facile à trouver, mais ma confiance s'émoussait pour les suivants.

Quand nous nous assîmes, le dos contre quelques rochers pour protéger notre repas de midi, j'avais égaré toutes mes certitudes. Emrys vida la dernière goutte d'eau, m'interrogea sur le prochain endroit où nous pourrions remplir nos gourdes… Je devais le lui dire. J'ouvris la bouche, mais mes mots furent couverts par un grondement d'engins. Nous nous fixâmes, avant de rassembler rapidement nos possessions. Dans le vent qui soufflait, il était difficile de déterminer avec précision la distance nous séparant des véhicules. Je reconnaissais le bruit de moteurs solaires, poussés à l'extrême pour augmenter leur puissance. Ceux qui utilisaient ce type de procédé, qui ne respectaient déjà pas les lois les plus simples, étaient rarement des citoyens bien tranquilles.

Nous n'avions pas d'autre cachette que quelques tiges d'oyats qui se balançaient, créant des écrans végétaux.

Nous courûmes, pliées en deux. Nous nous étions écartées du chemin principal, mais serait-ce assez ? Quelqu'un verrait-il nos pas dans le sable, le sol tassé là où nous nous étions posées, les quelques gouttes maculant encore le sentier ?... Nous nous couchâmes, presque invisibles de la route. Presque seulement.

J'agrippai la main d'Emrys. Je ne la regardais pas, concentrée sur les motos qui rejoignaient le lieu de notre pique-nique. Mes doigts se crispèrent quand le premier motard s'arrêta, juste là où j'avais été assise quelques minutes plus tôt. Quatre autres personnes stoppèrent à sa hauteur. Il ôta son casque, libérant une masse de cheveux blonds. Il parlait, mais le vent n'apportait que des syllabes étirées et dépourvues de sens. Ses grands gestes du bras, pointant dans différentes directions, étaient plus faciles à interpréter.

Les motards se répartirent, chacun quadrillant un secteur. Aucun ne se dirigeait vers notre repaire, et je croisai les doigts de ma main vacante. À ce moment, le garçon blond leva la tête, comme pour me fixer, et marcha vers nous.

Nous nous aplatîmes encore plus sur le sol. Ma carapace de sacs m'épaississait, mais il était trop tard pour m'en débarrasser. Si je ne remuais pas le moindre orteil, si je retenais ma respiration suffisamment longtemps, peut-être qu'il ne nous remarquerait pas. Mes pieds se pliaient dans mes baskets, résolus à prendre la fuite. Mon instinct me dictait de reculer, tandis que mon corps cherchait à se fondre dans le décor. Un chuchotis d'Emrys, directement dans mon oreille :

– Il faut partir, avant qu'il soit sur nous.

Elle insista.

– Morane ?

– Ils sont en moto, ils auront vite fait de nous rattraper.

– Pas dans le sable, ils déraperont avant de nous rejoindre.

Je secouai la tête, il fallait attendre. Encore. Encore un peu. Le sable me fouettait, s'immisçant dans mon nez, dans mes oreilles. Il jouait avec les tiges d'oyats. Le garçon scrutait chaque mouvement de végétaux. Des appels retentirent derrière lui, il allait faire demi-tour. Ses amis n'avaient rien trouvé. Ils n'étaient que des silhouettes qui agitaient les bras. Ma salive était bloquée quelque part dans ma gorge, mon cœur emplissait toute ma poitrine. La main d'Emrys écrasait la mienne. Le garçon fit un pas en direction du chemin qui l'éloignait de nous.

Et Emrys éternua.

Il revint vers nous, accélérant. Emrys, déjà accroupie, tirait sur mon bras pour me forcer à me redresser. Je voulais juste m'enfoncer dans la terre et y disparaître. Mais mon épaule m'élançait et le garçon se rapprochait. Je commençai à courir, ma main toujours dans celle d'Emrys. Je patinais dans le sable, les sacs rebondissaient sur mon torse et dans mon dos. Toutes les directions se confondaient. Des cris derrière moi me cherchaient. Je lâchai Emrys, ignorant ses yeux affolés, me délestant des conserves qui me ralentissaient trop. Un obstacle peut-être pour mon poursuivant.

Mes poursuivants.

Je les aperçus par-dessus mon épaule. Je ne pourrais pas les semer, peut-être les épuiser. Puis un cri me fit trébucher. Mon genou se tordit, en même temps que mon cou, pour regarder vers l'arrière. Emrys n'était plus à ma hauteur, elle était tombée et le garçon blond la surplombait. La main sur elle pour mieux l'immobiliser, il me fixait. Je pouvais encore m'enfuir. Devant moi, il n'y avait personne. Les autres les atteignaient seulement. Je n'avais que quelques secondes pour me décider. Quelques dixièmes de seconde. Emrys n'était qu'une vague connaissance, Lubin ne l'avait jamais appréciée, elle me ralentissait, elle tremblait, son corps ramassé, compacté, secoué par les sanglots.

Je revins sur mes pas, tentant d'ignorer le sourire qui étirait les lèvres du motard.

CHAPITRE 8 :
MÊME DANS L'OBSCURITÉ, IL Y A TOUJOURS DE LA LUMIÈRE

–

« Règle 68 : Chacun sera libre d'occuper le temps du contrat à sa guise, tant qu'il n'empiète pas sur les libertés individuelles des autres citoyens. Il devra cependant consacrer un temps minimum à la société qui lui a fait le cadeau de sa jeunesse. »

–

Les garçons s'étaient réparti nos sacs à dos. Puis nous avaient contraintes à monter avec eux sur les motos. Emrys avait tenté de résister, mais leur chef lui avait assené un coup de poing dans le ventre, la pliant en deux. Avant de sortir un couteau, de le pointer vers elle, puis de lacérer mon bras. Nous les avions suivis.

La coupure m'élançait tandis que je serrais malgré moi le motard blond quand la vitesse menaçait de me désarçonner. J'avais envisagé de relâcher mon étreinte en cours de route, mais je ne pourrais que tomber, me blesser encore plus, et ils me rattraperaient.

Nous parcourûmes plusieurs kilomètres avant de nous arrêter dans la cour d'un vieux bâtiment en U. D'autres motos étaient garées sur le côté, et leurs propriétaires dévalèrent des marches de toutes les directions à la fois, nous encerclant. Je glissai jusqu'à Emrys, nous étions collées l'une à l'autre. Mes yeux flottaient sur la foule, sans parvenir à distinguer un visage. Ils avaient tous l'air d'avoir vingt ans... ce qui ne signifiait rien. Les garçons étaient plus nombreux que les filles, plus bruyants aussi. Celui qui m'avait convoyée m'attira brutalement vers lui.

– C'est une belle prise, non ?

– Ça ? Ce ne sont que des gamines, Timéon. On ne pourra rien faire d'elles.

– Elles avaient de la bouffe.

– Pourquoi tu gardes les choses intéressantes pour la fin ? Fais voir.

L'interlocuteur de Timéon arborait un tatouage sous l'œil gauche, une étoile bleue. Il dégageait une nervosité, une impatience que je reconnaissais. Il n'était plus très loin de la fin de son contrat. Ceux qui l'entouraient en étaient-ils conscients ? Rester aux alentours quand son corps rattraperait son âge, et que les survivants se disputeraient sa place de chef, ne me tentait pas. J'avais entendu parler de ces bandes qui vivaient à l'écart de la société. Leur ligne directrice : on est jeunes, les jeunes font la fête, donc on fait la fête et rien d'autre. Comme si la jeunesse était obligatoirement libre de tout souci, de toute responsabilité. Tout le monde les méprisait, ils constituaient l'exemple de la mauvaise manière de profiter du contrat Dorian Gray. Pourtant, tant qu'ils respectaient les lois, personne ne pouvait rompre leur contrat et les forcer à vieillir...

Pendant qu'ils détaillaient nos réserves, je me demandais si nous ne pourrions pas filer discrètement. Mais Timéon tendit le bras et me tira une fois de plus vers lui. Il se pencha ensuite vers un de ses compagnons de route pour lui murmurer quelques mots à l'oreille. Le garçon m'examina, acquiesça, puis fit signe à deux amis.

Quelques secondes plus tard, Emrys et moi étions dirigées à l'écart, vers un hangar sur la droite. Les exclamations se confondaient dans nos dos. Le son d'une corde pincée me cloua sur place, mais mon gardien me poussa brusquement quand je voulus faire demi-tour pour récupérer la guitare. Je me mordis les lèvres pour ne pas le supplier, pour ne pas leur crier d'y faire attention. L'instrument portait encore les empreintes de Lubin, il n'avait pas eu le temps de m'apprendre à en jouer. Sa guitare n'aurait jamais dû tomber entre ces mains étrangères.

Emrys passa une main sur mon avant-bras. Elle savait.

Les gardes nous guidèrent à l'intérieur d'un bâtiment aux cloisons recouvertes de dessins agressifs, qui se chevauchaient. Le contreplaqué disparaissait presque entièrement sous les graffitis. Nous avancions, laissant la lumière derrière nous. L'odeur de renfermé m'oppressait. Je cherchais une fenêtre, une ouverture, n'importe quelle piste de sortie. Je ne vis que la porte de la pièce où on nous jeta. Le crissement rouillé du verrou anéantit mes rêves d'évasion.

Peu à peu, les ombres qui nous entouraient devinrent des objets. Un matelas sur le sol, des tissus entassés tout autour, une caisse de bois en guise de table de nuit, et une lampe-tempête dessus. J'eus beau m'acharner, je ne parvins pas à l'allumer. Quelques rais de lumière passaient entre les lames de bois, tout en haut d'un mur qui donnait vers l'extérieur. Les planches du bas étaient trop serrées, je ne réussis pas à les écarter.

Des échardes plein les doigts, je finis par m'asseoir au sol, adossée contre la cloison. Repliée autant que possible. À quelques centimètres, gisaient de vieux vêtements. Je ne voulais surtout pas les toucher.

– Je suis désolée de t'avoir entraînée dans cette…

Emrys était accroupie contre le mur d'en face. Elle m'avait observée pendant que je m'évertuais en quête d'une issue. Sans m'aider. Sa réponse tarda, puis tomba entre nous, atone.

– Ce n'est pas tout à fait de ta faute.

– Quand même, je…

– C'est moi qui suis venue vers toi, moi qui ai décidé de te suivre. Tu n'as rien à te reprocher.

– Dans ce cas, pourquoi est-ce que je me sens coupable ?

– Ça, c'est ton problème, pas le mien.

La porte grinça avant que je puisse lui répondre. Je bondis sur mes pieds, refusant d'être surprise dans une position de faiblesse. Emrys ne bougea pas. Timéon entra. Seul. Il patienta sur le seuil le temps de nous observer, puis il referma dans son dos, tendant juste la main pour tourner la poignée, puis la clé. Il la glissa dans une poche de son pantalon.

– Et si nous discutions, maintenant que nous sommes entre nous ?

Son ton, nonchalamment étudié, m'irrita. Mais peut-être y avait-il un truc à tenter.

Je me dirigeai vers Timéon, la main en avant.

– Je m'appelle Morane.

Surpris, puis souriant, Timéon me serra la main. Juste ce que j'avais espéré. Je campai mes pieds sur le sol et cherchai alors à le faire basculer. Lubin m'avait appris à inverser les rapports de force. Sauf que Timéon avait aussi dû suivre des cours, parce que ce fut moi qui me retrouvai à terre, le corps bloqué par celui du jeune homme, pendant qu'il susurrait d'une voix chaude dans mon oreille :

– Bien essayé, petite. Mais d'autres ont tenté le coup avant toi.

Il se redressa et s'assit sur le lit, étendant ses longues jambes devant lui.

Je me relevai en m'essuyant furieusement. Les répliques se bousculaient dans ma bouche, mais rien de suffisamment percutant. Timéon continuait à pérorer.

– Je suis certain que nous pouvons trouver un accord.

Il se pencha vers l'avant, ses doigts frôlant mon poignet. Je sautai en arrière. La pièce était trop petite pour nous trois.

– Les autres, dans la ferme, seront moins arrangeants que moi. Ils ne vous demanderont pas votre avis.

– Mais que voulez-vous de nous ?

– J'ai bien quelques idées…

Il se lécha les lèvres en prononçant ces mots, ses yeux brillant dans la pénombre. Emrys, toujours au sol, souffla. Je tournai la tête, mais elle fixait le sol, le visage baissé, comme étrangère à notre conversation. Je me reconcentrai sur Timéon. Il souriait, amusé. Je secouai la tête, et mes idées.

– Et après, vous nous laisserez partir ?

Timéon se leva, s'approchant souplement. J'étais déjà collée au mur, et lui à quelques centimètres de moi. Son ton était rauque.

– Qu'est-ce qui te dit que tu auras envie de me quitter ?

– On doit retrouver quelqu'un.

Je détestai mon intonation geignarde, qui me rajeunissait. Timéon posa une main sur ma joue.

– Peut-être que tu devrais juste l'oublier… Tu verras, on est bien ici, on suit nos propres règles, personne ne nous impose rien.

– Dans ce cas, vous n'allez pas nous obliger à rester !

Il fit mine de ne pas entendre l'exclamation dans son dos.

La proximité de Timéon m'étouffait. J'aurais dû tenter de le repousser, mais il m'avait déjà prouvé qu'il était le plus fort. Ma seule issue était de le convaincre. Il se rapprocha encore, nos corps juste séparés par un filet d'air. Ses mots suivants se glissèrent dans mon oreille.

– Je ne te connais pas, je ne sais pas si je peux te faire confiance, si tu ne vas pas dévoiler notre cachette. Tu vas devoir être très, très persuasive.

Son souffle sur ma joue me paralysait. Puis la tête de Timéon tomba sur son épaule et son torse contre moi. Derrière lui, Emrys vacillait, lâchant la lampe-tempête qui se brisa sur le sol, avant de s'effondrer elle-même.

CHAPITRE 9 :
ARRÊTER LE SANG

–

« Règle 35 : Une fois leur contrat signé, les nouveaux Dorian Gray seront entièrement responsables de leurs actes. Un couvre-feu sera instauré pour la sécurité des jeunes qui n'ont pas encore reçu le traitement, afin de les protéger d'éventuels individus malintentionnés. »

–

Je repoussai Timéon, qui glissa vers le sol. J'avais une autre urgence : Emrys. Elle se tenait le ventre, la respiration trop rapide. Je l'interpellai :

– Quoi ?

– Bon sang, ce que ça fait mal !

Je tendis la main vers elle.

– Ne me touche pas.

Son ton était venimeux, blessé, blessant.

– Ne me touche pas, tu entends ? Si je n'étais pas intervenue, tu aurais…

Je la coupai.

– J'étais pétrifiée. Je ne savais plus quoi faire.

– La belle excuse. Tu…

Des coups sourds à la porte nous interrompirent. Puis des voix, goguenardes.

– Hé, Timéon, tu t'amuses bien là-dedans ? Gardes-en un peu pour les copains, tu veux ? T'es invité avec tes conquêtes à la fête de ce soir, tu nous les présenteras ?

Des rires emplirent le couloir près de la chambre, puis s'éloignèrent.

– Il faut qu'on file. Et vite !

– Je suis entièrement d'accord. Je ne suis juste pas sûre d'être en état.

Emrys releva la main, dégageant son ventre. Une large tache assombrissait son T-shirt et, sous le tissu, le bandage disparaissait sous le sang. Elle rabattit le vêtement avant que je puisse l'examiner davantage.

– Depuis quand ?

– Ce n'est pas vraiment la question la plus importante. Toi, tu peux partir. Moi, je vais rester ici et…

Elle grimaça.

– … faire diversion.

– Hors de question. Je ne te laisse pas derrière moi. C'est à cause de moi que tu te retrouves là-dedans.

– On a déjà eu cette discussion.

– OK. Alors, réfléchissons. Je peux emprunter une moto.

– Je ne tiendrai pas dessus.

– Il y a peut-être d'autres véhicules ?

– Je n'en ai vu aucun. Et tu sais où ils rangent leurs clés, toi ?

– D'accord… On attend la nuit, et puis on disparaît. Dans le noir, surtout avec la fête dont ils ont parlé, ils ne nous repéreront pas.

Emrys hocha la tête.

– Oui. Mais on n'a plus de nourriture, plus d'eau. Tu crois qu'on arrivera à aller jusqu'où ainsi ? Surtout moi. En plus… je ne suis pas certaine que l'on soit en sécurité ici jusqu'à la nuit. S'ils n'ont vraiment pas de contraintes, pas de lois… Les copains de Timéon auront peut-être envie qu'il nous partage avec eux. Combien de temps faudra-t-il avant qu'ils ne viennent défoncer la porte ?

– On doit sortir. Trouver un endroit où se cacher. Peut-être qu'on parviendra à leur voler un peu de nourriture. Et puis…

Je me mâchouillai la lèvre.

– Ton plan m'a l'air absolument parfait. Tu n'as qu'à le suivre. Moi, je vais rester ici.

– Si tu n'as rien à proposer, pourquoi as-tu assommé ce type ? Ça nous avance à quoi ?

La réponse d'Emrys vint dans un murmure :

– Je ne sais pas. J'ai cru que… c'était la chose à faire. Ce ne sera pas la première fois que je me trompe.

Même assise, le bas du dos appuyé contre le matelas, Emrys tanguait encore. Je la poussai, arrachai le drap. Il était suffisamment usé pour se déchirer juste en tirant dessus. Les plaintes et les refus d'Emrys ne m'arrêtèrent pas, pas cette fois. Je ne tentai pas d'enlever le bandage existant. Il n'y avait rien dans la pièce pour nettoyer la plaie. Mais je pouvais au moins la compresser, en serrant les lanières de drap.

À quatre pattes, je rejoignis ensuite Timéon. Un peu de sang s'échappait de l'arrière de sa tête. Il respirait encore, alors que je le retournai pour mieux atteindre la poche de son pantalon. Je sortis la clé, serrée dans mon poing, et l'exhibai, triomphante, à Emrys. Elle se contenta de hocher la tête de haut en bas.

Il n'y avait personne derrière la porte. Le couloir était vide. Le bâtiment aussi peut-être. Les seuls éclats de voix provenaient de l'extérieur. Un gémissement dans mon dos me fit sursauter. Timéon ne tarderait plus à se réveiller. J'aurais dû le bâillonner, le ligoter. Je n'en avais pas la force. La seule qu'il me restait suffirait à peine pour tirer Emrys, pour la relever, pour passer son bras par-dessus mon cou, et filer sans oublier de refermer derrière moi et d'emporter la clé.

Toutes les portes du couloir étaient fermées. Des hurlements de femme retentirent dans la cour. Des tas de gens s'amassèrent, obstruant la sortie. Je me faufilai, heurtant quelques individus qui ne se retournèrent même pas.

En nous glissant derrière eux, tandis qu'Emrys trébuchait un pas sur deux, nous parvînmes à sortir et à contourner la grange. Les cris avaient perdu leur intensité, remplacés par des sanglots. Le mot « pourquoi » se répétait. Personne ne proposait de réponse. Personne ne remarquait non plus notre fuite. Chaque pas était une petite victoire. Nous ne pourrions jamais nous éloigner suffisamment. Pas avec Emrys dans cet état. Mais peut-être parviendrions-nous à atteindre un virage qui nous mettrait hors de vue, puis un amas de déchets ou n'importe quoi pour nous cacher…

CHAPITRE 10 :

ON NE GAGNE JAMAIS UNE COURSE CONTRE LE SOLEIL

–

« Règle 22 : Chaque personne en fin de contrat est priée de prévenir ses proches de sa date de péremption prochaine et de prendre les mesures qui s'imposent pour disparaître sans causer de gêne supplémentaire pour la société. »

–

Pendant les heures qui suivirent, d'autres cris succédèrent aux premiers, plus colériques. Des motos vrombirent et passèrent à quelques mètres de nous. Quand elles revinrent, beaucoup plus lentement, un brasier crépitait dans la cour, accompagné de chants avinés.

Derrière le tas de débris, je tenais Emrys serrée contre moi. Chaque fois que je la lâchais, son corps s'affaissait vers le sol. Elle émergeait ponctuellement. Posait quelques questions. Je lui racontais ce que je devinais. Il y avait au moins un mort, une fin de contrat. Je misais sur le type qui nous avait accueillies. Certaines personnes l'avaient pleuré. Peut-être qu'elles n'avaient pas vu, pas su, qu'il était en fin de parcours. Ce décès leur avait rappelé à tous qu'il était inutile de s'enfuir, de quitter la civilisation, les villes… Quand les cinquante années de prolongement de la jeunesse étaient écoulées, il n'y avait d'échappatoire pour personne.

Ils brûlaient leurs illusions en même temps que les restes de leur ami. Il y avait eu des disputes, des violences.

Quand la nuit arriva enfin, je secouai doucement Emrys pour la réveiller. Elle s'accrocha à moi. J'insistai. Nous n'aurions pas d'autres opportunités. Combien de mètres pourrions-nous parcourir avant qu'Emrys s'effondre encore et que je ne parvienne plus à la relever ? J'ignorais jusque dans quelle direction aller… Le principal était de s'éloigner de nos ravisseurs. Vers le nord, le chemin menait à Jackson, avec peut-être une route, des zones où se cacher… Le bras d'Emrys autour du cou, un pas après l'autre.

– Laisse-moi mourir ici. Ça sera mieux pour toi, pour moi, pour tout le monde.

Elle ne méritait même pas de réponse.

Nous avancions péniblement, il fallut escalader une butte. Je m'arrêtai en haut, juste le temps de prier les étoiles de nous aider, de nous protéger ; mieux encore, de nous guider jusqu'à destination. C'était leur rôle, non ?

La pause fut courte. Sur le terrain plat ensuite, notre parcours fut plus facile. Dans la nuit, une immense plaine couleur d'encre s'étendait sous nos yeux. Mais les étoiles m'avaient entendue. Petite et Grande Ourse me servirent de boussole. Droit vers le nord. Plus ou moins.

Nous avancions toujours. Lentement, mais nous avancions. La nuit salua notre détermination, le ciel pâlit face à notre obstination et chaque pas se gagna à la dure. Puis le matin arriva. Je ne tenais plus debout que par habitude. Mes yeux s'usaient à guetter l'horizon en quête d'un abri. Il n'y avait pas de végétation, juste un sol aride et des cailloux. La ferme était derrière nous, mais étions-nous assez loin ? N'importe quel engin parcourrait en quelques minutes les kilomètres péniblement conquis à pied. Quand Emrys trébucha une fois de plus, je la laissai m'entraîner dans sa chute et m'enfonçai dans le sommeil.

Je m'éveillai quelques heures plus tard. La fièvre d'Emrys avait monté. De nouvelles gouttes de sang fleurissaient sur le drap déchiré. Pas assez pour couler jusqu'à terre. Mais déjà trop. Je me tournai vers elle à quatre pattes. Je la secouai, mais Emrys restait inerte, sa tête ballottait lamentablement.

– Non, non, non, pitié, non.

Je murmurais, cherchant son pouls. Il était faible, mais Emrys ne m'avait pas encore quittée.

– Emrys, réveille-toi, s'il te plaît. Réveille-toi, réveille-toi…

Des heures passèrent. J'avais faim et soif. Emrys demeurait inconsciente.

Il fallait y aller, je ne me penchai pas pour lui murmurer une dernière parole à l'oreille : je n'aurais plus le courage de me lever si je lui disais au revoir. Je partis seule, en direction du soleil.

CHAPITRE 11 :

LA PETITE MAISON DANS LA PRAIRIE

–

« Règle 25 : Personne ne sera obligé de signer le contrat. Mais ceux qui préféreront vieillir de manière ancienne ne devront attendre aucune assistance de la part de la société. »

–

La nuit tomba et j'étais toujours debout. Mes pieds se soulevaient à peine, mais continuaient à se poser l'un devant l'autre. Je ne leur en demandais pas plus. Chaque mètre parcouru m'écartelait, me menant vers Jackson, m'éloignant d'Emrys.

Une lueur au loin. Lubin m'aurait répété de me méfier. Mais il n'était pas là. Je devais prendre mes propres décisions. Je me dirigeai vers l'habitation. Ce n'était qu'une cabane de bois, quelques mètres de long, des volets clos, et une lampe accrochée sur le mur extérieur. À l'intérieur, il y avait des voix. Impossible de déterminer leur nombre. Un éclat de rire me convainquit de frapper. Mes coups sur la porte mirent fin à la bonne humeur. Seul le silence me répondit, puis le battant s'ouvrit. Je m'attendais à une arme, à la méfiance, voire à l'agressivité. Pas à une femme affichant des rides et des cheveux blancs. Ni à un homme de même apparence, derrière elle. Je retins un sursaut. Leur allure était tellement étrange. Les mots me manquèrent, et je me mis à pleurer.

Ils me firent entrer. Ils étaient inquiets, soucieux, déposant une couverture sur mes bras brûlés par le soleil. Un bol de soupe encore fumant fut poussé devant moi, sur une table en bois. Accompagné d'une large tranche de pain et d'un : « Mange, petite, tu as l'air d'en avoir besoin. »

Une brûlure sur ma langue m'empêcha de tout avaler d'un coup. La sensation me réveilla. J'étudiai la pièce. Une troisième personne était assise à ma droite. Un homme, aux mains solides et carrées, marquées de cicatrices plus ou moins anciennes. Il semblait avoir entre trente et quarante ans. Son apparence me choquait moins que celle des deux vieux. Il devait avoir été débloqué pour devenir père. Peut-être que ses enfants étaient en train de dormir à l'étage.

– Je vous remercie. Je suis désolée de m'être mise à pleurer. Je… La journée a été rude.

J'étais incapable de regarder mes hôtes en face, gênée par leur peau flétrie.

– Je vais avoir besoin de votre aide. J'ai une amie, dehors. Elle est blessée.

– Mais il faut la faire entrer. Tu aurais dû nous le dire plus tôt.

– Non…

Ma main se leva pour arrêter la vieille femme qui se dirigeait déjà vers la porte.

– Elle n'est pas ici. J'ai dû… Je ne pouvais plus la porter, et… Il faut aller la chercher.

Je dévisageai enfin chacun d'eux. Déterminée à les convaincre. Mon voisin de table fut le premier à s'exprimer, la voix lente et grave.

– Tu l'as laissée à quelle distance d'ici ?

– Je ne sais pas trop. L'après-midi était déjà entamé. J'ai marché tout droit, toujours plein nord. J'ai essayé de me dépêcher, mais… je n'ai pas dû aller très vite.

– Est-ce qu'elle est à l'abri ? Au moins sous un tissu ? Est-elle consciente ?

Trois fois non. La femme porta la main à sa bouche. Tous trois se regardèrent avant que le plus vieux ne se penche vers moi.

– Il est trop tard pour aller la chercher maintenant. Dans la nuit, on ne la trouverait pas. C'est dommage que vous soyez parties comme ça, sans assurer vos arrières. Mais peut-être que vous aviez vos raisons. Tu nous les raconteras demain. Si tu veux. Le mieux, pour le moment, c'est que tu ailles te coucher pour être en forme au matin et nous guider.

Je secouais la tête.

– Vous ne comprenez pas. Elle saigne, elle n'a plus de forces. On ne peut pas la laisser comme ça. Plus on attend, plus ils risquent de la retrouver. Je ne veux pas qu'ils lui fassent du mal. Si je suis partie, c'est pour la sauver. On doit y aller, maintenant. Vous avez une lampe ?

Je me levai, me dirigeai vers la porte. Le plus jeune du trio me ceintura. Je trouvai un dernier sursaut d'énergie pour me débattre.

– Calme-toi, petite. Ce n'est pas contre toi. Tu seras plus utile demain, bien reposée. Tu te mettrais en danger si tu ressortais maintenant. On n'est pas en ville, mais il y a parfois des bientôt-morts qui errent. Il vaut mieux que tu restes ici, c'est pour ta sécurité, je t'assure.

Le ton désolé du vieil homme ne vint pas à bout de ma résistance. Pas plus que le grognement du plus jeune :

– Et elle va nous attirer des ennuis à nous aussi.

Le coup qu'il m'assena dans la nuque eut enfin raison de mes protestations.

CHAPITRE 12 :
PARFOIS, ENSEMBLE, ON VA AUSSI PLUS VITE

-

« Règle 103 : Ceux qui refuseront de signer le contrat devront apprendre à se débrouiller par leurs propres moyens. Il leur sera aussi demandé de ne pas imposer la vision de leur physique défaillant au reste de la société. »

-

Je m'éveillai à l'aube. Les premières lueurs jouaient sur ma couverture.

Mon matelas reposait au milieu d'une pièce en soupente tout en bois. D'épais rideaux raccommodés filtraient la lumière. Une natte usée cachait le sol. De chaque côté dépassaient de larges lames de bois sur lesquelles je glissai les pieds. Je traversai précautionneusement la chambre, prenant garde de ne pas éveiller la vieille dame endormie dans un rocking chair à droite du lit. La porte était déjà entrouverte, et je la franchis à pas de loup, avant de tester les marches de l'escalier. Aucune d'elles ne grinçait. Ce qui n'empêcha pas l'homme qui m'avait ceinturée de relever la tête quand j'atteignis le rez-de-chaussée. Il était attablé à la même place que la veille. Un bol fumait devant lui.

L'homme tendit le bras dans ma direction et je reculai rapidement, jusqu'à heurter des meubles derrière moi. Il m'observa, longuement, puis haussa les sourcils.

– Les bols sont dans le placard du haut, si tu veux une boisson chaude. Ma mère concocte un truc qui ressemble pas mal au café.

– Je déteste ça !

Ma réaction était un peu exagérée... Je cherchais comment me rattraper, bafouillant, mais mon hôte me coupa la parole.

– Peu importe. Avec l'eau chaude, tu peux aussi avoir de la tisane. Et il doit y avoir un fond de lait de chèvre d'hier.

– Je... Merci. Je prendrai un thé, si vous le permettez.

Il se leva, taciturne, puis sortit du garde-manger un pochon de tissu dont il tira quelques feuilles. Il les déposa au fond d'un récipient, avant de les couvrir d'eau frémissante. Je m'assis en face de lui, hésitante.

– Je suis désolée de m'être emportée, hier soir. Je crois qu'on a pris un mauvais départ. Je m'appelle Morane.

Je tendis la main vers lui, mais il se contenta de la jauger, avant de se reconcentrer sur sa boisson.

– Et vous êtes... ?

– Lomen. Tu n'aimes pas ta tisane ?

J'examinai la teinte marronnasse de l'eau, puis murmurai : « Si, bien sûr », et osai une gorgée. Puis une deuxième. Sa saveur était meilleure qu'escompté, plus amère qu'à mon habitude, mais pas désagréable. Lomen hocha la tête puis se replongea dans l'étude minutieuse de son café. Je ne voulais pas le brusquer, mais...

– Pour mon amie... Je vous en ai parlé hier. On pourrait partir à sa recherche, maintenant ? S'il vous plaît ?

Il plia le cou à gauche, puis à droite, avant de me répondre.

– Le père a déjà pris la route, très tôt, ce matin. Juste avant que le soleil ne se décide à se lever. Il a pris plein sud, comme tu avais dit. Si tu es prête, on peut tenter de le rattraper.

J'étais debout avant qu'il eût terminé sa phrase.

Les gestes de Lomen étaient lents, mesurés, et je trépignais d'impatience en attendant qu'il noue les lacets de ses chaussures et qu'il déverrouille la porte. Pendant les premiers kilomètres, j'avançais comme si un élastique me tirait vers l'avant. Je devais lutter pour ne pas laisser mon compagnon en arrière.

La route s'allongeait. Mon ventre se souvint que je n'avais rien avalé depuis le bol de soupe de la veille. Ses grognements alertèrent Lomen. Sans un mot, il sortit de sa poche un quignon de pain, qu'il me tendit. La mie était sèche sous mes dents, mais c'était le meilleur repas que je goûtais depuis longtemps.

Une silhouette apparut au loin.

Lomen gardait son calme, mais je refrénais mon envie de m'enfuir et de me cacher. Je calai mon pas sur le sien, jusqu'à ce que la forme lointaine devienne un homme aux cheveux blancs qui levait le bras pour nous saluer.

Nous avions retrouvé le père de Lomen et il n'était pas seul.

Il traînait Emrys sur un brancard derrière lui. Elle était toujours inconsciente, le visage encore plus pâle que la veille. La fleur de sang n'avait pas poussé plus loin pendant la nuit. De la poussière et du sable s'incrustaient dans chaque pli de vêtement. Seuls ses cheveux foncés se détachaient. J'effleurai sa joue, m'attardant sur sa chaleur, puis partis à la recherche de son pouls. Il était discret. Trop. Je relevai la tête vers le père de Lomen, qui cognait ses pieds l'un contre l'autre.

– Nous ne devrions pas traîner plus longtemps. La mère saura comment la soigner.

Nous reprîmes la route, les deux hommes devant. Je cheminais à hauteur du brancard. Parfois, une faille dans le sol secouait Emrys, sa tête ballottant sur la toile beige tendue entre les deux montants de bois. Leurs pointes traçaient deux sillons dans la terre. Elles ne dépassaient que de quelques centimètres. La civière était conçue pour être tirée, pas portée par deux personnes. Pourtant, après que le corps d'Emrys eut tressauté une fois de plus, je me penchai pour attraper les tiges de bois. Ma prise n'était pas assurée, le tissu qui descendait m'empêchait de refermer les doigts. Et je trébuchai en tentant de relever Emrys sans ralentir le père de Lomen. Ils se tournèrent tous les deux vers moi. Mais ils n'émirent aucun commentaire et ils continuèrent leur route.

Mes bras commencèrent à trembler. Je serrais les dents pour me concentrer, me refusant à lâcher Emrys ou à demander de l'aide. Mes pas s'appesantissaient, ralentissaient. Je craignais de laisser tomber mon amie.

Un tapotement sur mon épaule me libéra enfin. Lomen posa ses propres mains sur les bâtons de bois, quelques centimètres au-dessus des miennes. D'abord la gauche, puis la droite. Il était décalé par rapport au brancard et je mis quelques secondes avant de comprendre que je pouvais lâcher pour qu'il puisse prendre la relève.

CHAPITRE 13 :
LA SOUPE FAIT AUSSI GRANDIR LA PEINE

–

« Règle 4 : Aucun médicament ne sera délivré à ceux qui refuseront de signer le contrat. La santé est une affaire d'État, qui ne doit pas nécessiter de dépenses inutiles. »

–

La mère de Lomen nous attendait avec une nouvelle soupe, et un pain tout juste sorti du four. Les odeurs de nourriture emplissaient la pièce quand nous entrâmes. J'aurais dû m'écarter, mais je rechignais à m'éloigner d'Emrys. Nos hôtes l'allongèrent sur le lit où j'avais passé la nuit précédente.

La vieille femme ne cessait de s'inquiéter à voix haute.

– Oh, la pauvre fille, mais qu'est-ce qui lui est arrivé ? Elle a l'air gravement blessée, vous avez examiné sa plaie ? Soyez délicats quand vous la manipulez.

Son bruit de fond, qui n'attendait pas de réponse, ne l'empêcha pas de piocher dans un panier rempli de bandages et de flacons, puis de chasser ses hommes en leur suggérant d'aller manger. Elle continua de parler, sans jamais me regarder, tout en découpant le tissu qui entourait Emrys.

– Tu dois avoir encore plus faim qu'eux, petite, mais mon petit doigt me dit que tu seras incapable de te nourrir tant que ton amie ne sera pas soignée. Tu peux faire confiance à la vieille Sonja pour ça, il faut devenir un peu médecin quand on décide de refuser les avantages de la jeunesse éternelle. Je n'aime pas trop gâcher du bon tissu comme ça en taillant dedans, mais c'est plus simple que de soulever ton amie à chaque tour pour le dénouer. C'est toi qui as fait ce bandage ? C'est bien, il est assez serré, il a dû compresser la plaie. Évidemment, l'idéal aurait été de pouvoir le relâcher régulièrement pour que le sang circule et que la peau s'aère, mais je suis sûre que trop peu de temps s'est écoulé pour que cela soit préjudiciable. Tiens, tu peux me garder cette bouteille ?

Sonja me tendait un flacon un peu trouble, la tête toujours tournée vers la blessure d'Emrys. Sous le pan de drap déchiré, le bandage était bruni sur toute sa largeur. Le tissu s'accrochait à la peau, et Sonja versa un peu de liquide par-dessus pour le décoller sans l'arracher. Le ventre se révéla, encroûté de sang. La cicatrice était enflée, bordée de rouge. Elle était douloureuse rien qu'à la regarder. Sonja la tâta et grimaça : « C'est chaud. » Elle imbiba les croûtes pour les enlever. Emrys geignit sans sortir du sommeil.

Sonja murmurait toujours.

– Je sais que c'est douloureux, petite, mais c'est nécessaire. La vieille Sonja doit savoir exactement dans quel état tu es... Ce n'est qu'un mauvais instant à passer.

À un moment, Emrys écarquilla les paupières. Je me penchai vers elle, mais son regard était vide. Ses yeux se refermèrent sans qu'elle prononçât un seul mot.

– Ce sera encore long ?

Ma voix était rauque.

– Plus trop, ma douce. Sa plaie a été un peu trop malmenée et elle s'est ouverte. Il y a eu de la poussière dedans, et un début d'infection, je le crains. Il faut que je nettoie tout convenablement. Ce n'est pas comme si on pouvait demander des antibiotiques. Enfin, si, vous, peut-être...

Je me mordis les lèvres. L'inconvénient, quand on fuyait et se cachait, c'était que l'on devait aussi dire adieu aux avantages réservés aux mineurs. Demander des médicaments signifiait retourner en ville, me signaler aux autorités. Je n'étais pas prête pour cela. Sonja poursuivit.

– C'est bien ce que je pensais. Vous ne seriez pas ici, si c'était le cas. Ne t'inquiète pas, je vais tout bien faire comme il faut. Et je suis sûre qu'elle n'a pas perdu trop de sang…

Sonja termina en bandant le ventre d'Emrys avec un rouleau de tissu presque transparent tant il était usé. Quelques gouttes rouges le marquèrent presque immédiatement, mais la vieille femme rabattit le T-shirt avant que je puisse exprimer mon inquiétude.

– Elle aura bien besoin d'un bon bain et de vêtements propres, mais je suppose que ça peut attendre. Toi aussi, ça ne te ferait pas de mal.

Elle me jaugea, pendant que je me tenais au montant du lit. Sonja renifla.

– Mais je crois qu'il y a plus urgent. Tu vas aller manger en bas. Mon Samton te donnera ce qu'il faut. Envoie-moi juste Lomen avec un bol de soupe, cette petite a besoin d'être réhydratée.

Et comme je secouais la tête, refusant d'abandonner Emrys :

– C'est un ordre. Tu ne lui seras d'aucune utilité si tu t'effondres. Je n'ai pas besoin de soigner deux patientes en même temps, et on manque de lits corrects dans cette maison. Ouste.

Je m'autorisai un dernier regard à Emrys. La lumière provenant de la fenêtre s'arrêtait au bord du lit, ne parvenant pas à l'atteindre. Mon amie reposait dans l'ombre, veillée par une femme presque aussi fragile qu'elle, à peine plus grande et au moins aussi menue. Je devais leur accorder ma confiance à toutes les deux si je voulais traverser cette épreuve.

Je descendis l'escalier en m'accrochant à la rampe, craignant à chaque marche que mes jambes ne me lâchent. Comme au matin, Lomen leva la tête quand je pénétrai dans la pièce, avant de me tendre un bol. Son laconisme était tout ce que j'avais besoin d'entendre. J'avais senti les odeurs de cuisson, mais j'étais incapable de reconnaître le moindre goût. Je n'aurais pas pu affirmer si ce que j'avalais me plaisait ou non. Je n'en distinguais même pas la couleur, me contentant de mettre mécaniquement les aliments dans ma bouche. Jusqu'à ce que ma faim soit finalement comblée. Je retournai alors dans la petite chambre, sous les combles. Le bouillon était toujours posé sur un meuble à deux pas du lit, à peine entamé. Je m'assis par terre, abandonnant le rocking-chair à Sonja. Ma main s'accrocha à celle d'Emrys, mon dos s'appuya contre le mur, et je me laissai bercer par les mots de Sonja, qui commentait chacun des carrés de coton qu'elle recousait patiemment ensemble. Leur histoire était suffisamment inoffensive pour calmer mes angoisses pendant que la nuit succédait au jour.

Les exclamations de voix et les coups frappés à la porte me sortirent brusquement de ma torpeur.

CHAPITRE 14 :
DES PAS DANS L'ESCALIER

–

« Règle 32 : Les bénéficiaires du contrat qui souhaitent devenir parents verront leur contrat obligatoirement mis à jour : ils seront vieillis de quinze ans, sans que cela affecte la durée totale de leur prolongement de jeunesse. »

–

La voix de Timéon secoua mon engourdissement. Il nous avait retrouvées. Je me redressai d'un bond, acculée contre le mur. La fenêtre en soupente était étroite, mais elle me permettrait de m'enfuir. Il serait juste un peu plus difficile d'entraîner Emrys avec moi. Hors de question pourtant de l'abandonner une fois de plus. Les mots de Sonja me firent sursauter.

– Il y a deux hommes en bas. Mon Samton ne les laissera pas monter.

Je secouai la tête, en quête d'un endroit où me cacher.

– Ils ne l'écouteront pas. Ils ne se laisseront pas faire. Ils nous cherchent et...

Sonja se rapprocha, posa la main sur mon bras.

– Ils n'ont aucune raison de se méfier de nous. Personne ne s'attarde jamais ici. Les gens ont peur des vieux.

Je ne parvenais pas à déterminer si ce constat rendait Sonja amère ou sereine. Je me souvenais trop bien de ma réaction de la veille : si je n'avais pas été aussi épuisée, je serais partie ailleurs chercher de l'assistance. Malgré mon oreille tendue, je ne percevais que des voix sourdes qui s'affrontaient. Quelques mots montaient parfois jusqu'à moi, jamais des phrases complètes. Sonja demeurait à mes côtés.

L'obscurité gagna la pièce. Aucune de nous ne se déplaça pour allumer une lumière. Je me répétais que Sonja aurait éclairé la chambre si elle avait été réellement tranquille, et la nuit qui rampait jusqu'à nous m'angoissait d'autant plus.

En bas, un ordre claqua en même temps que la porte. Puis le silence, suivi de pas qui montaient jusqu'à nous. C'était peut-être l'un des occupants de la maison. Peut-être pas. Il était trop tard pour fuir. Une main tâtonna contre le mur, et un cercle de lumière apparut. Une bougie. Lomen venait nous prévenir que les intrus étaient partis. Ce ne fut qu'en relâchant ma respiration que je me rendis compte que je l'avais retenue.

Un murmure d'Emrys m'appela alors, éclipsant les explications de Lomen.

– Je suis là, Emrys.

– Et c'est où, là ?

– On est chez… chez des amis, je t'expliquerai. On peut leur faire confiance.

– Venant de toi, je ne sais pas si c'est rassurant.

Je pouffai, soulagée qu'Emrys ait regagné assez d'énergie pour se moquer de moi. Elle tenta de se redresser dans le lit.

– Mais qu'est-ce que… ?

– Ta blessure s'est rouverte. Tu as perdu beaucoup de sang. Et il y a un peu d'infection aussi… Mais rien de grave !

– Si tu le dis…

– Non, on t'a soignée, tout va bien.

– J'attendrais quelques jours avant de repartir en vadrouille si j'étais toi, petite, mais à part ça, ton amie a raison, on s'est occupées de toi.

– Emrys, je te présente notre hôtesse, Sonja. Sonja, voici Emrys.

Emrys cligna des paupières, et se contenta d'un signe de tête pour la saluer.

Quelques minutes plus tard, nous prenions nos dispositions pour la nuit. La vieille femme pourrait rejoindre son mari dans sa chambre et je récupérerais sa place dans le rocking-chair. Lomen ne commenta pas : peu lui importait où il dormirait.

Quand Sonja sortit s'occuper du repas du soir, Emrys me rappela en chuchotant.

– Cette femme… Elle est…

– … vieille, je sais. Son époux aussi.

– Mais comment ? Je veux dire… Elle devrait être morte, non ?

– Je suppose qu'ils ont refusé l'implant bloquant du contrat. Je ne leur ai pas vraiment posé la question. J'avais… d'autres préoccupations.

Emrys sourit timidement. Ses paupières s'alourdirent… Je l'aidai à se rallonger avant de descendre rejoindre les autres dans la cuisine. Il était temps d'apprendre comment ils avaient convaincu Timéon de renoncer.

Samton m'expliqua que ce n'était pas la première fois que la troupe de la ferme poussait jusqu'à chez eux. Ils venaient parfois prendre de la nourriture.

– Extorquer, précisa Lomen, malgré le froncement de sourcils de son père.

L'air soudain malicieux de Samton était presque choquant sur son visage usé.

– Ces gamins ne veulent pas perdre de temps à cultiver des légumes, ni à travailler pour les payer. C'est leur manière d'être rebelles. La mienne, c'est de vieillir ! Et rien que de voir leur peur chaque fois qu'ils viennent ici, comme si mon âge était contagieux, paie largement les aliments que je leur laisse.

J'acquiesçai, comme si je comprenais, et il poursuivit.

– Ils ont besoin de nous. Il n'y a pas d'autre ferme aux alentours. C'est donc dans leur intérêt de nous croire quand on leur assure que nous n'avons vu passer aucune jeune fille. Surtout quand je prends un air fragile et tremblotant…

Il prononça ces derniers mots en se transformant soudain en personne sénile, la bouche de travers, la main montant avec difficulté jusqu'aux lèvres humides pour les essuyer. Le rire qui suivit ne me rassura pas totalement. Je guettais le moment où ses facultés diminueraient de nouveau, signe inéluctable de sa fin.

Mon inquiétude n'échappa pas à Lomen.

– Il ne va pas se réduire en poussière sous tes yeux, tu n'as pas besoin de le scruter avec dégoût comme ça.

Il ne cachait pas son mépris, mais Samton et Sonja éclatèrent de rire.

– Ah, ces jeunes de la ville, ils ont oublié à quoi ressemblent des vieillards ! C'est un peu pour ça qu'on a choisi de s'isoler ici. Au moins, à part ces jeunots qui passent parfois, personne ne nous regarde de travers. T'as jamais vu des gens comme nous, pas vrai ?

J'acquiesçai, le rouge gagnant mes joues.

– Puisqu'on nous donne le choix, on a fait celui de rester comme la nature nous a voulus. Peut-être même que l'on vivra plus vieux que nos camarades, ce qui serait une bonne blague. Et ma Sonja a toujours su soigner tous nos petits bobos, donc pas de souci de ce côté-là.

– Il y a plein de remèdes naturels dans les vieux livres, il suffit de savoir où chercher, je n'ai pas de mérite.

– Si, tu en as, parce que tu prends le temps de te renseigner, justement, maman. Ces gens, là-bas… Ils sont tellement pressés d'être jeunes qu'ils ne prennent pas le temps de vivre ! Je ne veux plus rien avoir à voir avec eux.

Sonja tapota le bras de son fils :

– Tout doux, tout doux.

Était-il possible que Lomen, lui aussi… ? J'avais cru qu'il avait juste vieilli d'une quinzaine d'années pour devenir père, comme tous les adultes en ville. Mes souvenirs de ma mère étaient trop fragmentaires, je n'avais jamais rencontré d'autres naturels… Aurait-elle eu aussi des cheveux gris, et des plis au coin des yeux ? Perdue dans mes pensées, je ne réagis pas tout de suite aux explications de Sonja.

– On l'a envoyé en ville, parce qu'on souhaitait qu'il ait le choix. Nous ne voulions rien lui imposer. Mais ce qu'il a vu ne lui a pas plu.

– Tous des égoïstes.

Sonja ne s'interrompit même pas, se contentant d'ignorer la remarque de Lomen.

– Il y retourne parfois, mais il revient toujours. On espérait un peu qu'il rencontre une gentille fille et qu'il ne vieillisse pas tout seul. Quelle que soit la manière dont il choisirait de le faire.

– Ça suffit, je n'ai plus envie de parler de ça. Tu ne vas pas lui raconter toute ma vie dans le détail, non plus.

Sonja se pencha vers moi et poursuivit, sur le ton de la confidence.

– Cette Maddie lui a tourné le cœur, puis elle a disparu. Il ne s'en est jamais remis.

Le silence emplit ma tête. Ce ne pouvait être qu'une coïncidence, un hasard, un… Ma voix était blanche, atone, quand je repris la parole.

– Cette Maddie, elle ressemblait à quoi ?

– Qu'est-ce que ça peut bien te faire ?

Sans m'arrêter à l'aigreur de Lomen, je me forçai à poursuivre. C'était idiot, je le savais, il n'y avait qu'une chance sur un million. Mais…

– Elle… Est-ce qu'elle aimait dessiner ? Des croquis, surtout à l'aquarelle ? Était-elle passionnée de lecture ? Portait-elle de longs cheveux bruns ? Et…

Les mots m'étranglaient. Lomen hochait la tête, les pupilles de plus en plus écarquillées.

– Avait-elle des yeux gris, couleur d'une tempête sur les flots ?

Ce fut dans un murmure que je prononçai les mots suivants.

– Je crois que c'était ma mère.

CHAPITRE 15 :
LES COÏNCIDENCES EXISTENT-ELLES ?

–

« Règle 231 : Les corps des personnes décédées, qu'il s'agisse de dépouilles des personnes arrivées en fin de contrat ou de celles des indépendants qui auront opté pour le vieillissement à l'ancienne, seront immédiatement incinérés pour ne pas générer de déchets inutiles. Le four servira à alimenter en énergie la ville la plus proche. »

–

Lomen secoua la tête de gauche à droite. Je n'y croyais pas plus que lui. La coïncidence était improbable. Je ne parvenais pourtant pas à protester alors qu'il m'agressait.

– N'importe quoi ! C'est un peu trop facile ! Tu arrives chez nous et, comme par hasard, tu m'annonces que tu es la fille de… de la seule personne que j'aurais pu aimer dans ma vie ! Et tu imagines que je vais te croire ? Je ne sais pas ce que tu cherches ici, mais…

Mon dos s'enfonçait dans le bois de la chaise à mesure que Lomen se dressait au-dessus de moi. Il avait repoussé son siège pour me surplomber. Samton, sans quitter sa place, entreprit de calmer Lomen.

– Attends, fils. Qu'est-ce qu'elle aurait à gagner à nous raconter des histoires ?

– Justement, j'aimerais bien le savoir !

Des veinules rouges envahissaient l'œil de Lomen. Il ne s'était même pas tourné vers son père.

– Nous n'avons rien d'intéressant, ici. Nous ne pouvons rien lui offrir. Et c'est elle qui a présenté les détails sur sa mère.

– Elle a très bien pu se renseigner !

– Et comment ? Elle aurait pris le temps de mener une enquête sur toi… Mais auprès de qui ? Ce n'est pas pour te faire de la peine, fils, mais tu n'as pas vraiment beaucoup d'amis à qui tu aurais pu te confier.

– Peut-être qu'ils ont des archives en ville. Il y a des caméras partout, ils enregistrent le moindre de nos mouvements pour mieux nous vendre leurs produits.

– Et cette gamine aurait eu accès à des images plus anciennes qu'elle ? Si c'est le cas, elle doit avoir des amis haut placés. Et demande-toi pourquoi ils t'enverraient cette enfant dans les pattes. Quelle raison aurait-elle de prétendre que Maddie est sa mère si ce n'est pas vrai ?

– Eh bien, pour… pour…

Je recommençai doucement à respirer pendant que Lomen peinait à trouver une explication. Sonja avait commencé à ranger la vaisselle. Ses mouvements étaient trop lents : la vieille femme ne cherchait qu'à s'occuper les mains, tout en nous surveillant. Je priais intérieurement pour qu'elle accepte de me soigner si jamais son fils me blessait.

Tout le monde poussa un soupir quand Lomen se rassit.

– Ne crois pas que je te fasse confiance. Tu caches quelque chose, j'en suis sûr, et je finirai bien par découvrir quoi.

Il joua machinalement avec un couvert pendant que je me triturais les mains. Sa question suivante était sereine. Beaucoup trop.

– Qu'est-ce qu'elle est devenue ? Maddie, je veux dire.

Je ne voulais pas en parler. Je détestais évoquer ces moments. Rien que le souvenir me transperçait et me clouait à l'hiver de mes dix ans. Je redevenais une petite fille écartelée par la douleur. Mes paupières se plissèrent pour refouler les larmes qui pourraient me noyer. J'ouvris la bouche, mais n'eus pas le temps d'aspirer l'air nécessaire pour parler.

– Sa mère est morte il y a sept ans de cela. Morane est tout ce qu'il reste d'elle. Je ne lui ferais pas de mal, si j'étais vous.

Emrys se cramponnait, blême, dans l'escalier. Elle fixait Lomen comme si elle était en mesure de le menacer.

– Tu ne devrais pas être debout, tu dois te reposer. Ta blessure...

– J'ai entendu des hurlements... Je ne pouvais pas te laisser seule.

Je l'enlaçai, lui murmurai un « merci » dans l'oreille, mesurant alors la fièvre qui la brûlait. Emrys n'aurait pas eu les moyens de m'aider si j'en avais eu besoin. Elle serait juste morte à mes côtés. Je pivotai pour faire face à Lomen, gardant un bras autour de la taille d'Emrys pour la soutenir.

– Ça suffit. Je répondrai à vos questions demain. Et... peut-être que j'en aurai, moi aussi. Mais Emrys doit se reposer. Moi également. Et même vous.

Je m'adressai directement à Sonja.

– Merci pour votre aide et votre accueil. Je vous promets que nous ne nous attarderons pas plus que nécessaire.

Puis j'entrepris la lente ascension vers la chambre, une marche à la fois. Emrys s'accrochait autant à moi qu'à la rampe, chaque pas étant aussi laborieux que le précédent. Le lendemain, je lui reprocherais d'avoir quitté son lit au risque de rouvrir sa blessure. Mais pour quelques minutes encore, je me contentai de l'aider, d'apposer un linge humide sur son front brûlant et d'attendre qu'elle se laisse aller dans le sommeil. Des vagues de son, tour à tour houleuses et calmes, provenaient d'en bas. Leur ressac me berçait doucement et je finis par m'endormir dans le rocking-chair, tournée vers Emrys.

Au matin, je m'éveillai dans une grimace : mon cou, tordu, me rappelait que j'aurais dû trouver une autre position pour la nuit. Un coup d'œil vers Emrys me rassura. Un second me confirma qu'elle était aussi alerte que moi.

– Comment te sens-tu ?

– Parfaitement bien. Comme si quelqu'un avait décidé de pratiquer une dissection sur moi avant ma mort. À plusieurs reprises.

– Et à part ça ?

– J'ai les idées claires. Plus qu'hier en tout cas. Tu m'expliques un peu où on est et comment on est arrivées ici ?

Il n'y avait pas un bruit dans la maison. Je préservai ce calme en murmurant pour tout raconter à Emrys. Assise sur un coin du lit, triturant la couverture rugueuse, je parlais tout en tendant l'oreille. J'aurais dû être reconnaissante à nos hôtes. Mais je n'avais qu'une hâte : les quitter pour retrouver Jackson. Emrys partageait mon sentiment. Un gémissement de douleur lui échappa quand elle tenta de se lever ; nous ne pourrions pas partir immédiatement. Sonja survint au même moment, un pot de chambre dans la main.

– Je crois que tu dois attendre encore un peu avant de quitter la chambre. On a une cabane au fond du jardin, mais ce sera trop loin pour toi. Ton escapade d'hier soir était prématurée. Je ne veux pas que tu tires sur ta cicatrice, elle est trop fragile. Tu vas utiliser ce pot et on se chargera d'aller le vider.

Emrys fronça le nez et je détournai le regard. Je n'avais pas trop envie de devoir transporter son urine dans toute la maison. Ce stade d'intimité était au-delà de mes limites. Je descendis à la suite de Sonja pour le petit déjeuner. La vieille femme m'enseigna comment allumer le feu et tout préparer, sans cesser de me confier maintes anecdotes sur sa vie en ces lieux. Je n'étais pas loin de me sentir intime avec le four à bois, tant Sonja saturait de détails le récit de ses premiers jours sur place.

Je n'hésitai pourtant pas à l'abandonner quand j'entendis les cris d'Emrys.

CHAPITRE 16 :
À BOUT DE SOUFFLE

–

« Règle 223 : Les occupations utiles à la société seront encouragées. Si les formes d'expression artistiques ne seront pas interdites, elles ne bénéficieront pour autant d'aucun soutien de la part de l'État, ne permettant pas de générer des revenus utiles pour tous. »

–

J'avalai les marches deux par deux. Mes pieds dérapaient sur le bois. Les cris d'Emrys remplissaient l'espace. Je trébuchai au moment de rentrer dans la chambre, me raccrochai au chambranle de la porte et attendis que mon souffle se calme. Une autre personne vociférait, comme pour couvrir l'alarme d'Emrys.

Lomen.

Il était posté au pied du lit, ses souliers souillant le tapis tressé, ses poings dans ses poches. J'entendis les mots derrière les hurlements.

– Mais puisque je vous dis que je ne sais rien. C'est vous qui m'avez amenée ici. Vous n'aviez pas besoin de…

Un gémissement interrompit Emrys.

Je pris une grande inspiration, j'allais hurler à mon tour.

– Qu'est-ce que vous lui avez fait ?

– Je lui ai posé des questions, c'est tout. Ta jolie petite histoire compte bien trop de trous. Vous n'avez pas pu venir ici par hasard. Personne ne l'a jamais fait. Elle se tait, pour protéger tes vilains secrets, c'est sûr. Je veux savoir comment tu connais mon passé !

J'avais espéré que la nuit apaiserait les esprits. Une mèche traînait sur ma joue, je la repoussai machinalement. Je devais convaincre Lomen. Le silence menaçait, pesant. Il ne tarderait pas à sonner comme un aveu. Et je n'étais pas persuadée que Sonja et Samton, immobiles dans l'entrée, m'aideraient une fois de plus.

Doucement, je contournai le lit. Personne ne parla quand j'empoignai mon sac à dos. Seule Sonja réprima le « non » qu'elle voulait murmurer. Je glissai la main à l'intérieur.

Je tendis le carnet à Lomen, immobile. Il n'eut même pas le réflexe d'allonger le bras pour l'attraper et je dus me plier en deux par-dessus le lit pour le lui rentrer dans le torse. Il commença par reculer avant que son père lui indique la marche à suivre.

– Je crois qu'elle veut que tu le prennes, fils.

– Ce sont les dessins de ma mère. Surtout des esquisses, en fait. Ses toiles… doivent être quelque part en ville. Mais si vous l'avez réellement connue, vous reconnaîtrez certainement son trait.

Lomen tourna les pages, presque religieusement. Je poursuivis.

– Elle m'a dessinée dedans. J'étais encore très jeune, mais c'est moi.

Ma voix se brisa, je me forçai pourtant à ne pas détourner le regard.

– Je ne peux pas vous fournir d'autres preuves. Je n'ai que ça. Et mes souvenirs, mais ils ne valent rien pour vous. Je vous promets qu'on partira d'ici dès qu'Emrys sera en état de marcher. Mais ça ne risque pas d'arriver si vous la malmenez.

Lomen hocha la tête. Le carnet était minuscule entre ses mains. Il le manipulait avec précaution ; je devais pourtant me refréner pour m'empêcher de le lui reprendre. Quand il se décida enfin à me regarder, je savais quelle question il allait me poser.

– Je peux ?

– Non.

Au moins, j'avais réussi à ne pas crier.

– C'est mon bien le plus précieux, avec la guitare de…

Je secouai la tête pour chasser les idées noires.

– C'est tout ce qui me reste d'elle. Vous l'avez vu, c'est suffisant. Vous devez me le rendre, maintenant.

Lomen tenait toujours le carnet.

– Ta mère… était une grande artiste. J'ai toujours su que j'entendrais parler d'elle un jour, même si je ne devais plus la rencontrer.

Il céda enfin et me rendit le carnet.

– Je n'aurais juste jamais imaginé que ce serait dans de telles circonstances.

Lomen sortit, silencieux, frôlant au passage ses parents. Sonja fit mine de vouloir examiner le bandage d'Emrys, mais je la rabrouai. Nous avions besoin d'être seules. J'ignorai l'insistance de Sonja, ses « il faut », « c'est important »… Je refermai la porte pour nous isoler un minimum dans cette maison où nous n'étions plus tout à fait bienvenues.

De longues minutes s'écoulèrent. Je gardais la tête penchée, dissimulée derrière l'écran de mes cheveux. La mèche bleue, juste devant mon œil, conférait d'étranges reflets à la pièce. Le poids de la fatigue m'enfonçait dans le sol, m'incitant à ne plus jamais bouger. Il me fallut combattre toute l'inertie du monde pour relever le menton et regarder Emrys.

Comme je m'y attendais, mon amie me fixait, patiente. Dans ses yeux, il y avait de la compassion, de l'inquiétude, de la tendresse, un fond de douleur…

– Tu as mal ? Bien sûr que tu as mal, il t'a secouée dans tous les sens ! Encore heureux qu'il n'ait pas rouvert ta blessure…

C'était tellement plus facile de m'inquiéter de la cicatrice d'Emrys, de me concentrer sur sa peine. Mais Emrys n'était pas dupe. Elle m'arrêta avant que je ne puisse soulever son T-shirt pour vérifier son état. Je gardais la tête baissée. Hors de question de croiser son regard. Mais Emrys était tout aussi têtue que moi. Sans parler, elle me laissait savoir qu'elle entendait les mots que je ne pouvais articuler. La pression de ses doigts suffisait pour transmettre son message. Je me décidai enfin à lâcher son T-shirt et m'assis au bord du lit, évitant toujours ses yeux. Je déglutis quand Emrys s'éclaircit la voix. Je lui devais des explications. Je ne m'attendais pourtant pas aux paroles qu'elle prononça.

CHAPITRE 17 :

LES ADULTES ONT LEURS PROPRES HABITUDES

–

« Règle 55 : Les adultes ayant signé le contrat ne pourront pas demander un avenant à celui-ci au-delà d'un certain âge, ceci afin de ne pas laisser derrière eux des orphelins qui seraient à la charge de la société. Toute grossesse devra être programmée avant les cinquante années réelles des personnes concernées. »

–

– J'ai besoin de prendre un bain. Et de changer de vêtements. Ça doit faire trois jours que je porte les mêmes frusques… Comme conditions d'hygiène, j'ai connu pire… mais j'ai connu mieux aussi. Tu crois qu'ils ont une salle de bains, dans leur cabane ?

Je regardai enfin Emrys. Je ne vis qu'un sourire, tellement malicieux qu'il faisait mal aux yeux. La tentation était grande d'évoquer à mon tour des bains moussants. C'était beaucoup plus facile que d'affronter la réalité, les explications, les justifications. J'aurais voulu pouvoir me détendre, quelques instants encore, oublier que mon monde n'en finissait plus de s'écrouler. Je me penchai, conspiratrice, j'allais la renifler pour me moquer de son manque d'hygiène… puis renonçai, évitant de remarquer la déception qui naissait sur le visage d'Emrys alors que je m'éloignais. Le matelas bascula avec moi tandis que je me relevais pour ranger le carnet de ma mère. J'eus du mal à le lâcher. Mais il le fallait... D'autres exigences me pressaient. Avant d'aller manger et bien avant de proposer à Emrys de se laver. Ensemble, nous décidâmes de ne pas nous attarder au-delà du strict nécessaire. Jackson ne nous attendrait pas indéfiniment... Le scientifique était notre meilleur atout pour retrouver Lubin. Nous n'avions pas d'autre piste, mais aucune de nous ne le souligna. Un autre sujet ne fut pas éludé, malgré tous mes efforts.

– Tu pourrais d'ici là en profiter pour en apprendre plus sur ta mère. Sur sa vie d'avant, je veux dire.

– Je ne suis pas certaine que Lomen acceptera de me parler. Il a l'air encore plus méfiant que Lubin.

Emrys sourit en coin.

– Ce doit être une habitude des adultes.

– Eh bien, dans ce cas, je ne suis pas pressée de passer le cap.

– Mais quand même... Tu n'as pas envie de savoir qui elle était ?

– Je ne sais pas trop.

À ce stade, je n'étais pas loin d'avoir décousu le bord de la couverture en patchwork, tellement je la triturais. Emrys ne se laisserait pas distraire, cette fois, par les grognements de son estomac. Une autre diversion s'avérait nécessaire.

– Et toi, tu ne parles jamais de ta famille. Il n'y a personne que tu aies envie de retrouver ?

Ma question était innocente. Pas la réaction d'Emrys. Son visage souriant se ferma, et elle se recula autant que le lui permettait sa position assise dans le lit. Emrys regardait maintenant la fenêtre, perdue vers un ailleurs que je ne connaissais pas. Je n'avais pas voulu l'éloigner ainsi de moi. Il était probable qu'elle fût orpheline, et ma maladresse lui rappelait sa solitude. Si elle avait eu des proches, elle m'en aurait déjà parlé. Elle ne m'aurait pas suivie dans cette quête. Je murmurai son prénom, prête à m'excuser. Elle ne me laissa pas le temps d'aller jusqu'au mot « désolée ».

– Je…

Elle prit une inspiration tellement profonde que l'air dans la pièce se raréfia.

– J'ai un frère. Quelque part, là, dehors. Je ne sais pas où il est. Je…

Emrys secoua la tête, renfermant ses idées. Son ton se raffermit quand elle reprit la parole.

– Je ne veux pas en parler. Disons que, pour le moment, je n'ai rien de mieux à faire que de te suivre partout tant que tu ne te lasses pas de moi.

Le sourire qu'elle grimaça me déchira le cœur, mais Emrys ne me laissa pas le temps de la rassurer. Nous descendîmes manger. Je la soutins dans l'escalier et la lâchai en bas, presque à regret. Je ne savais pas comment lui dire que j'avais parfois l'impression que c'était elle qui me portait. Sans elle, je n'aurais jamais eu la force de continuer. Elle était arrivée juste au moment où j'allais avoir besoin d'elle et nous nous étions rapprochées beaucoup plus vite que je ne l'aurais cru possible. Les circonstances, comme le manque d'amies de mon âge, étaient en cause. Je me refusais à chercher d'autres explications à ce qu'elle représentait déjà pour moi.

Sonja et Samton interrompirent leur discussion quand nous entrâmes dans la pièce. Il n'était pas très difficile d'en deviner le sujet. Je m'étais suffisamment énervée pour la matinée et m'attablai à côté d'Emrys sans prononcer un mot. Sonja s'empressa pour nous servir, entourant ses gestes de paroles que je n'entendais pas.

Soudain, des coups retentirent à la porte. Je reconnus la voix de Timéon. Emrys n'était pas en état de courir se cacher. Si les visiteurs demandaient à entrer, nous n'aurions aucune chance. Elle tressaillit, comme moi, et agrippa ma main sous la table pendant que Sonja et Samton échangeaient un long regard. Le vieil homme se releva, lourdement. Ses pas s'attardaient sur le sol, mais il savait aussi bien que nous qu'il devait répondre. D'autant que des appels, plus impatients, commençaient à résonner. J'étais persuadée que Timéon et ses amis étaient capables de mettre le feu à la cabane juste pour passer le temps, ou même de s'inviter à l'intérieur en attendant le retour des habitants. Aucune de ces deux options n'avait ma préférence…

Peut-être que Samton pourrait entrebâiller la porte, se faufiler dehors… Nous n'aurions pas dû traîner ainsi dans la cuisine.

Quand Samton posa sa main sur la poignée, une nouvelle voix intervint dehors, plus enjouée. Je commençais à m'habituer à ses intonations ; Lomen forçait sur sa bonne humeur, et sur le volume de ses phrases, pour nous avertir. Il parlait aux garçons à l'extérieur. J'étais tétanisée.

– On est venus chercher quelques légumes. Et on aurait bien goûté la fameuse soupe de ta mère. On a un nouveau gars avec nous, là, et il n'a jamais eu l'occasion de la savourer.

– Pour les légumes, il n'y a pas de problème, on va aller en récupérer derrière. Pour la soupe, par contre… ce sera pour une autre fois, je suis désolé. Ma mère est un peu souffrante. Son corps vieillit, et c'est pas joli-joli à voir. C'est mon père qui prépare les repas en ce moment et… il n'est pas aussi doué qu'elle. C'est plus un talent féminin, la cuisine, faut croire.

– Ah ça, on est bien d'accord. Bon, on va aller…

– Vous n'auriez pas vu passer deux jeunes filles récemment ?

Il n'avait pas renoncé. Il ne renoncerait pas. Je n'osai même pas tourner la tête vers Emrys, je ne voulais pas lire ma peur dans son regard. Si Lomen décidait de se débarrasser de nous, il n'aurait pas de meilleure occasion.

– Je crois qu'il y a des gars à vous qui sont déjà passés pour poser la question. Vous les cherchez toujours ? Ici, à part vous, on ne voit pas grand monde, vous savez. Mais pourquoi vous êtes après elles comme ça ? Je pensais que vous étiez une communauté libre, et tout ça.

Son ton avait beau être badin, j'étais parfaitement consciente de la curiosité malsaine qui le poussait à les interroger. Il ne nous faisait toujours pas confiance.

– Ces garces ne font pas partie de notre bande. Elles sont parties en nous volant quelque chose et il est hors de question qu'elles s'échappent ainsi.

– Ah bon. Et elles vous ont pris quoi ?

– À part la dignité de ce grand dadais, rien du tout, en fait. Mais môssieur a le sens de l'honneur, paraît-il, hein ?

Leur conversation s'éloigna pendant que Lomen les dirigeait vers le potager. Je respirais un peu mieux. Emrys me lâcha lentement ; la circulation revint dans mes doigts. La distraction de ces picotements était presque bienvenue. Je pouvais me concentrer dessus.

Je sursautai quand la porte s'ouvrit. Un couinement de souris s'échappa, peut-être de mes lèvres. Ils avaient fait demi-tour. Ils n'avaient pas cru Lomen, ou il nous avait trahies, nous serions emmenées à nouveau, emprisonnées, cette fois nous ne pourrions plus nous enfuir, je ne parviendrais jamais à retrouver mon père. Nous tortureraient-ils ou nous laisseraient-ils vivre, pendant combien de temps et… ? Je regardai enfin qui était entré.

CHAPITRE 18 :
DES ROUES SOUS LE SOLEIL

–

« Règle 133 : Les seules études de médecine qui seront dorénavant autorisées porteront sur la pédiatrie, afin de traiter les maux des jeunes enfants n'ayant pas encore signé le contrat Dorian Gray. Les personnes majeures n'auront plus la nécessité d'aucun traitement médical une fois leur contrat démarré, comme l'explique le protocole. »

–

Je n'aurais pas dû être surprise. Lomen était appuyé contre la porte fermée. Quand il se redressa, il se contenta de marmonner : « Ils sont vraiment trop faciles à duper », avant de rejoindre l'étage. En haut, il n'y avait que les deux chambres. Sans témoin, il pourrait fouiller dans mon sac à dos, récupérer le carnet de ma mère. Mes muscles se contractaient tandis que je m'empêchais de le suivre ou de l'interpeller. Il venait de nous sauver la vie. Encore une fois. Je pouvais bien attendre pour vérifier mes affaires.

Quelques minutes plus tard, Lomen revenait vers nous. Il se laissa tomber face à moi et commença à parler, ne s'adressant à personne en particulier.

– Ça ne peut pas continuer comme ça.

Je ne savais pas ce qu'il englobait dans ce « ça ». Notre présence, sa colère, l'occupation de sa chambre, ses airs mystérieux…

L'atmosphère s'englua, quand Sonja relança.

– De quoi tu parles, mon poussin ?

– Je t'ai déjà dit de ne plus m'appeler comme ça.

Il récitait cette phrase comme s'il l'avait trop répétée, sans intonation. Les suivantes furent prononcées avec aussi peu d'intonation, même si leur contenu me glaça.

– Ils vont revenir. Ils ne nous laisseront pas tranquilles tant qu'ils ne les auront pas trouvées. Et quand ils découvriront que nous les avons aidées, ils se vengeront sur nous. Nous ne sommes pas assez forts pour nous opposer à eux. Aucun de nous ne l'est. Ils ont ce foutu contrat de jeunesse pour eux. Les filles ne peuvent pas rester ici.

– Je comprends ton inquiétude, mon chéri, mais la petite n'est pas en état de voyager. Elle doit d'abord reprendre des forces et…

– Je sais tout ça. Tu ferais passer ta propre vie après celle de n'importe quel animal blessé.

– Hé, je ne suis pas…

– Laisse-moi finir.

Même en coupant la parole à Emrys, Lomen demeurait détaché. Il ne haussa pas la voix, et ce fut peut-être ce qui m'inquiéta le plus.

– Elle est dans la grange. Je n'avais pas prévu de bouger immédiatement et la batterie doit être vide. Mais quelques heures au soleil devraient suffire à la recharger. C'est le moyen le plus rapide de remonter à la source.

Je ne compris pas le haut-le-cœur de Sonja, ni le froncement de sourcils de Samton.

– Tu veux les emmener là-bas ? Alors qu'elles n'ont pas de parents pour les protéger ?

– C'est leur place. Pas ici. Elles ne font pas partie de notre monde. Et vous savez comme moi que c'est la meilleure solution.

Il fallut que Lomen me conduise jusqu'à la grange pour que je comprenne enfin ses intentions. Le bâtiment, à l'arrière de la maison, était constitué de planches mal jointes, parfois ficelées entre elles quand les clous avaient manqué. Lomen dut forcer pour ouvrir la porte.

L'air était sombre à l'intérieur. Pointant depuis les trous du toit, quelques rais de soleil jouaient à chasser l'obscurité. Je ne vis d'abord qu'une masse informe, hérissée de pointes inquiétantes. Lomen avança, pendant que mes pieds raclaient la terre. Sous une bâche pleine de poussière, il libéra un véhicule solaire.

Je n'en avais plus vu depuis que nous avions quitté la ville. Ces véhicules étaient bien plus adaptés aux routes lissées qu'aux bosses de la campagne. Lomen n'avait pas rapporté que des souvenirs amers avec lui : il était revenu de la ville dans cet engin.

– Ton amie ne peut pas marcher. Mais en se serrant, il y a de la place pour trois là-dedans. On devrait être en ville en quelques jours. Je vous laisse là-bas et on oublie mutuellement que l'on s'est croisés un jour.

– On ne va pas en ville.

Je précisai ma pensée avant que la colère de Lomen ne fonde à nouveau sur moi.

– Nous devons d'abord rejoindre un ami de mon père. Il pourra nous aider.

– Un ami de ton père… Bien sûr. Un homme de toute confiance, j'en suis persuadé, tout comme tous ceux que tu dois fréquenter. C'est un scientifique aussi ? Évidemment.

Lomen ne déguisait même pas le mépris dans sa voix. Je passai outre. Son véhicule pouvait nous faire gagner un temps précieux.

– Vous pourriez nous déposer chez lui. C'est beaucoup plus près que la capitale et vous seriez plus vite de retour. Ce que vous voulez, c'est vous débarrasser de nous, pas vrai ? Alors là ou ailleurs, ça ne change rien pour vous.

Seul un grognement me répondit et je décidai de le considérer comme un acquiescement. La hâte de partir, d'atteindre enfin notre but, me poussait. Jackson saurait comment retrouver Lubin, j'en étais persuadée.

Nous nous mîmes rapidement d'accord pour partir le plus vite possible. Ce qui ne voulait pas dire immédiatement. L'impatience me rongeait, pendant que Samton et Lomen devisaient tranquillement autour du moteur. Je frétillais sur le banc de la cuisine. Sonja tentait de me fournir quelques renseignements sur les flacons de ses herbes, qu'elle souhaitait nous voir emporter, mais mon attention m'attirait vers l'extérieur. Emrys se sentait plus concernée que moi, en tant que principale patiente de la vieille dame. Elle s'enquit même de soins possibles pour des maladies aux symptômes tous plus affolants les uns que les autres et je me relevai pour me coller à la fenêtre. Nous aurions rejoint Jackson bien avant que l'une d'entre nous ne puisse attraper un rhume, et il serait bien plus apte à nous guérir qu'une quelconque sorcière des plaines.

Lomen, comme je m'en doutais, ne fut pas particulièrement ravi quand je lui décrivis la demeure de Jackson au lieu de lui donner son adresse. Notre chauffeur pianotait sur la table sur un rythme de plus en plus agacé alors qu'il éliminait les possibilités les unes à la suite des autres. Nous n'avions pas de carte, et il était hors de question de revenir sur nos pas pour que j'identifie le chemin : nous ne pouvions pas nous permettre de recroiser Timéon et ses acolytes. La solution de Sonja, visiter chaque village des alentours jusqu'à ce que j'en reconnaisse un, était la plus pertinente… mais Lomen n'avait pas besoin de me préciser qu'il se serait bien passé de cette quête. Je le lisais dans ses épaules crispées et ses sourcils froncés, dans son refus de croiser mon regard, dans la nervosité qui imprégnait chacun de ses gestes. Quand nous nous quittâmes pour la nuit, personne, à part Sonja, n'osa murmurer le « bonne nuit » de rigueur.

Je laissai passer Emrys devant moi, avant de fermer la porte de la chambre. J'étais prête à accepter ses reproches, et même ses injures. Je l'avais embarquée dans une aventure insensée. Je me croyais capable de tout entendre. Elle parvint pourtant à me surprendre.

CHAPITRE 19 :

IL NE FAUT JAMAIS SUIVRE LES INCONNUS

–

« Règle 89 : L'année de naissance de chaque personne restera indiquée sur ses documents d'identité, qui ne pourront cependant être consultés que par les autorités. Il sera interdit à un potentiel employeur de chercher à vérifier l'âge de ses nouvelles recrues. »

–

– Ne t'inquiète pas, ça va aller.

Non, je ne voulais pas qu'elle tente de me consoler. C'était de ma faute si nous allions errer dans les parages pendant je ne sais combien de jours. Je n'étais qu'une idiote. Si j'avais été plus attentive lors du trajet avec Lubin…

– Peu importe le temps que cela nous prendra, on retrouvera Jackson. Et ton père. Et toute cette histoire sera enfin finie.

– Tu pourras rester avec nous. Même après. Tu le sais.

Elle haussa les épaules.

– Peut-être que c'est toi qui ne voudras plus de moi.

– Jamais.

J'avais répondu sans réfléchir. Mais c'était la vérité. Je ne voulais pas qu'elle disparaisse. Le regard d'Emrys se troubla, vacilla ; sa main s'était posée sur ma joue. Le soleil était là. Brûlant. Le temps se figea, pris au piège. Même déglutir aurait brisé l'instant.

Bouger m'était impossible. Le monde aurait pu s'écrouler — encore plus — à côté de moi sans que je réagisse. Une toux résonna dans l'autre chambre. Et ce qui était n'existait plus. Emrys se retourna vers le lit pour le préparer.

Nous ne parlâmes plus, ce soir-là. Les mots que nous ne nous étions pas dits flottaient toujours entre nous. Je restai des heures sur le sol, roulée en boule sur le tapis tressé, tentant d'analyser ce qui s'était — ou ne s'était pas — passé. Emrys était mon amie. Je tenais à elle. Le trouble était né seulement de mes peurs et de ma fatigue. De ma fragilité. Je dressai la liste des quelques moments suspendus que j'avais déjà vécus. Avec d'autres. Tentai la comparaison. J'aurais pu dire que je n'avais jamais ressenti cette sensation avant. Ce n'aurait pas été tout à fait un mensonge. Je n'avais jamais ressenti cette sensation avant… avec une fille.

Au matin, la gêne était toujours là. Au petit déjeuner, Sonja mit notre nervosité sur le compte de notre impatience de partir. Personne ne la contredit.

Les places se répartirent simplement dans le véhicule de Lomen. J'étais devant, avec lui, en tant que guide. Emrys restait derrière, pour s'allonger si sa blessure l'élançait. Sonja l'avait examinée avant le départ. Des traces rouges s'étiraient sur le ventre pâle de mon amie. Et pourtant Emrys assura qu'elle ne ressentait aucune souffrance quand Sonja appuyait dessus. J'avais désespérément envie de la croire, je n'étais pas de taille à gérer une nouvelle infection.

Le trajet démarra en douceur, comme avec tous les véhicules solaires. Celui de Lomen, ancien, datait de son premier voyage dans la capitale. De l'époque où il avait connu ma mère. Je me demandai si elle s'était assise à la même place que moi. Si elle aussi avait regardé à travers ces vitres étoilées d'éclats. Ses paysages ne devaient pourtant pas être les mêmes que les miens. Des rues au lieu des sentiers, des bâtiments à la place des champs. Elle avait adoré notre maison de la plage, elle s'y sentait moins oppressée. Avec le temps, quand elle n'était déjà plus là, j'avais compris qu'elle y avait été surtout moins exposée au regard et au jugement des autres. De tous les jeunistes qui critiquaient sa décision. En ville, les visages ridés étaient rares. Ma mère était une exception. Je n'avais pas envie de penser qu'elle aurait peut-être été plus heureuse si elle avait choisi Lomen au lieu de mon père. Lui qui avait pris la même décision qu'elle. Je préférai me concentrer sur les alentours, mais il n'y avait aucune différence entre une zone de sable et une autre, ni entre une plaque d'herbes couchées par les vents et la suivante.

Nous ne devions pas être très loin de chez Jackson, selon le temps de trajet estimé par Lomen avant notre départ. Si la chance était de notre côté, nous atteindrions notre but avant la soirée. Je mettais toute ma conviction dans ce calcul. L'alternative, dormir à la belle étoile avec Emrys et Lomen, ne m'attirait pas.

Le premier village n'était pas trop éloigné. Il ne m'évoquait rien. Pas plus que le deuxième ou le troisième. Nous étions encore trop proches de notre point de départ, mais ces échecs laissaient leurs marques sur mes bras, que je griffais alors que les heures passaient. Je n'osais pas avouer à Lomen que j'avais à peine vu l'endroit où résidait Jackson. Nous étions arrivés de nuit, nous cachant pour ne pas le mettre en danger. Je pouvais décrire dans le moindre détail son salon, sa cuisine, la chambre où j'avais dormi. Peut-être le coin de la maison d'en face que j'avais deviné depuis la fenêtre. Mais pas beaucoup plus.

Quand nous nous arrêtâmes pour manger, Lomen sortit le panier de nourriture du coffre sans prononcer un mot. Emrys déployait un enthousiasme forcé.

– Arrête !

Emrys, coupée en plein milieu d'un « nous trouverons les lieux dans... », se tourna vers moi. Lomen continua d'examiner notre pique-nique.

– Arrête de dire que tout va bien aller. Tu ne le penses pas plus que moi. On aurait mieux fait de rester à la maison de la plage, au moins on y était en sécurité.

– Mais non, il fallait retrouver Lubin. Et puis, les... enfin, ceux qui étaient déjà venus auraient pu nous capturer. Je suis certaine qu'on va bientôt rejoindre Jackson, ne...

– Ne me dis pas de ne pas m'inquiéter. Tu ne sais pas ce que c'est que de s'inquiéter. De te dire que tu as mis en danger tous les gens qui comptaient pour toi à cause de ton inconséquence. Et que leur survie dépend de toi. Tu ne t'es jamais demandé pourquoi Lubin et moi nous cachions ainsi, n'est-ce pas ? Non, ne me réponds même pas, tu ne peux pas imaginer ce que... C'est ma faute. Ça a toujours été ma faute.

Je me laissai tomber à terre. L'herbe était encore humide sous la toile de mon pantalon. J'en agrippai une poignée et m'y cramponnai pour trouver la force de continuer.

– Il y avait ce garçon. Stepan. Il était tout sourires, charmant, il s'intéressait à moi. Il avait quelques années de plus que moi, il était attentionné. Il me répétait que j'étais jolie, intelligente, spéciale. Je l'ai cru. Je lui ai fait confiance. Oui, déjà. Je n'ai pas perdu cette mauvaise habitude, on dirait.

La force pour les regarder me manquait. Je ne pouvais que fixer mes mains serrées et l'herbe qui les teintait de vert en se déchiquetant.

– Je lui plaisais. Il me l'avait dit. Et il ne me laissait pas indifférente non plus. Lubin était de plus en plus plongé dans son travail, il était soucieux, mais il ne m'expliquait pas pourquoi. Je n'avais pas compris qu'il était sous tension, qu'on lui en demandait toujours plus. Il n'a rien vu de ce qui m'arrivait. J'ai fini par accepter de rejoindre ce garçon un soir. Je suis sortie après la nuit, à l'heure où seuls ceux qui ont signé le contrat sont encore dehors. J'aurais dû avoir peur, mais je me croyais invincible puisque j'étais avec mon amoureux. Il m'a entraînée d'une rue à l'autre. Il riait et je le suivais. Je pensais à un rendez-vous galant. À la manière dont notre relation allait évoluer après cette nuit. Je me demandais même si je pourrais vouloir ne pas vieillir à ses côtés.

Les paupières baissées, je revivais cette soirée, mes gloussements ridicules quand je m'accrochais à son bras, nos ombres qui nous poursuivaient…

– J'ai d'abord cru que l'entrepôt dont il avait fermé la porte sur nous dissimulait un passage vers un lieu plus douillet, plus intime. J'ai même imaginé quelque soirée déguisée quand ces hommes en blouse blanche se sont approchés. Leur équipement n'avait pourtant rien de factice. Il a fallu qu'ils m'attachent sur cette table froide et qu'ils commencent à ponctionner mon sang, qu'ils appellent « monsieur » mon chevalier servant pour que je comprenne enfin. Ou plutôt pour que j'accepte la réalité. J'avais été trompée. Ce jeune garçon… Ce n'en était pas un. Il m'avait menti sur son âge.

– Mais ça ne se fait pas !

L'indignation de Lomen était presque risible. Oui, cet homme avait failli à la plus élémentaire des politesses. Mais il n'était pas le seul. Nous connaissions tous la rumeur selon laquelle des adultes qui avaient été prolongés draguaient des adolescents, filles comme garçons. Il était si facile de conserver quelques mèches un peu longues pour dissimuler l'implantation de la puce dans la nuque. Encore plus de mentir. Certains se montraient leurs papiers d'identité pour laisser l'autre tout savoir d'eux. C'était une décision très intime, et nous n'avions pas été aussi loin avec Stepan.

– Si ce n'avait été que cela. Ils étaient persuadés que Lubin m'avait incluse dans ses expériences, et qu'ils pourraient trouver un remède en m'analysant. Quitte à me torturer.

– Mais un remède à quoi ?

– À leur date de péremption. Ils pensaient que mon sang pourrait les conserver dans leur état quelques années ou décennies de plus. Ils n'osaient pas capturer Lubin, mais son apparence physique avait attiré l'attention. Il le pressentait depuis longtemps, c'est pour cela qu'il ne voulait jamais que je l'appelle « papa » en public. Malgré tous ses efforts, ça s'est su. Et ils se sont attaqués à moi.

Je n'avais pas envie de détailler tout ce que j'avais subi. Les injections, les prélèvements, les rayons… et l'inhumanité derrière chacun de leurs actes.

– Lubin a fini par me retrouver. Je ne sais plus comment nous nous sommes enfuis, tout est embrouillé dans ma tête, j'étais très affaiblie… Mais il y avait d'autres personnes derrière eux, des gens puissants. Lubin l'a compris avant moi. Nous n'étions plus en sécurité. Rien de tout cela ne serait arrivé si je n'avais pas suivi ce type.

La colère de Lomen ne me surprit même pas. Elle irradiait de lui ; elle devait sortir.

– Absolument pas. Tu n'y es pour rien. C'est tout ce système qui est perverti. Je l'ai bien vu quand j'étais dans la capitale. Si tu n'avais pas été assez crédule, ils auraient trouvé un autre moyen. Ces gens ! Cela ne leur suffit pas de ne pas vieillir, ils en veulent plus, ils en veulent toujours plus.

Emrys se coula à côté de moi. Douce.

– Ce n'est pas de ta faute. Lomen a raison, ce sont eux les méchants. Pas toi…

Lomen nous interrompit : un nuage de poussière se rapprochait. Si nous ne bougions pas rapidement, ceux qui s'y cachaient nous rattraperaient. Qui sait quelles étaient leurs intentions…

CHAPITRE 20 :
LA PORTE NE S'OUVRE PAS

–

« Règle 24 : Accepter le contrat, ce n'est pas seulement décider de conserver un corps énergique et toujours jeune. C'est aussi un acte citoyen qui vise à apporter à la communauté le meilleur des forces de chacun. »

–

Nous sommes remontés dans le véhicule, remballant notre repas avec précipitation. Sans prendre le temps de ranger. L'herbe était encore écrasée là où nous nous étions assis. Des bocaux ouverts dispersaient leur liquide sur le siège arrière. Lomen marmonnait à propos de la charge de la batterie. Je me penchai pour scruter le nuage derrière nous. Les déplacements étaient rares. Surtout à l'intérieur des terres. Cette masse de poussière contre l'horizon accompagnait nécessairement un groupe, et ce ne pouvait pas être anodin.

Lomen accéléra un peu trop fort et les roues patinèrent quand nous bondîmes en avant. Un instinct absurde en moi me hurlait de pousser la porte et de partir courir dans la nature. Que nous étions trop visibles, trop faciles à suivre. Ma main se crispait sur la poignée. Lomen enfonçait l'accélérateur, gagnant péniblement quelques kilomètres à l'heure. Ce ne serait pas suffisant. J'étais prisonnière sur mon siège, impuissante, incapable de nous faire aller plus vite. Alors que je me retournai une nouvelle fois pour guetter nos poursuivants, je croisai le regard d'Emrys. Pour la première fois depuis la veille. Son visage était blanc, les secousses ne devaient pas améliorer son état. Elle était tendue, mais pas effrayée. Ses yeux plongèrent dans les miens, elle ouvrit la bouche… et le toit de la voiture rencontra mon crâne pendant que le paysage tournait autour de nous. Les herbes les plus hautes fouettaient les vitres, le ciel et le sol clignotaient sans retrouver leur place. La bouche d'Emrys restait ouverte, je ne sais pas si elle criait ou si c'était moi. Je tendis la main pour attraper la sienne. Mon bras battait contre les appuie-tête, l'extrémité de mes doigts demeurait à quelques centimètres de ceux d'Emrys. Le vide, l'accident. Le noir tomba sur moi alors que je sentais enfin sa main contre la mienne.

Quand j'ouvris les yeux, je crus d'abord n'avoir pas réussi à lever les paupières, tellement il faisait sombre. Le silence m'encerclait. Je tendis les bras pour tâter l'espace. Une cloison froide me faisait face. Sur ma droite, il n'y avait qu'un mur plein de bosses. Sur ma gauche, une forme molle et tiède. Ce n'est qu'au moment où la ceinture de sécurité me retint alors que j'essayais de me pencher vers l'avant que je compris que j'étais encore dans la voiture. J'ouvris la bouche pour appeler, mais seul un filet rauque en sortit. Emrys et Lomen ne m'entendraient pas. Je ne percevais pas non plus leur voix. Ni leur respiration. Je secouai frénétiquement le corps affalé qui devait être celui de Lomen. Sans obtenir de réaction. Je voulus me retourner pour m'assurer de l'état d'Emrys. Luttai quelques minutes contre la ceinture avant de me rappeler comment la détacher. Je me cognai la tête. La voiture devait être à l'envers et la gravité m'entraînait. Désorientée, je ne retrouvai pas tout de suite le chemin vers le siège arrière. Quand j'attrapai le poignet d'Emrys, il était tiède sous mes doigts tremblants. Humide aussi. Je le palpai sans sentir son pouls. J'étais tiraillée entre l'envie de la secouer pour la réveiller et la crainte de déchirer sa blessure. Je réprimai un sanglot. J'étais la seule consciente. Je devais les sortir de là. Je répugnai à lâcher Emrys. Si je m'écartais d'elle pour actionner la poignée, l'espace entre nous se creuserait et je ne la retrouverais jamais.

Je m'étirai au maximum, touchai une vitre du bout de l'index. La voiture ne pouvait pas être aussi grande. Chacun de mes gestes était ralenti, je me mouvais dans la ouate et la douleur. Je murmurai au vide : « Je reviens », et me collai au verre poisseux. Je devais éviter de penser à la nature du liquide épais qui le constellait. Il suffirait que je trouve la poignée… Mais elle était inexistante. La cloison sur laquelle je m'écorchais les doigts ne laissait ressortir aucune aspérité, aucun morceau de métal que j'aurais pu pousser, ou tirer. Je tapai du poing dessus, retenant mes gémissements. Si je parvenais à casser les vitres, je trouverais bien un moyen d'extirper leurs corps de la carcasse. La panique me serrant la gorge, je revins près d'Emrys pour retrouver mes forces. Je me blottis contre le dossier. Je ne pouvais pas me laisser aller à pleurer, au risque de devenir inutile.

Pourquoi ne se réveillaient-ils pas ? M'abandonnaient-ils eux aussi ? Ce n'est qu'après une vague de larmes retenues que je compris. J'étais passée par dessus le siège. Je n'avais jamais essayé d'ouvrir la porte. Mais le coffre. Qui n'avait pas de poignée intérieure.

Un rire nerveux m'échappa. Je m'étais escrimée en vain. Je n'étais qu'à quelques centimètres de la portière. J'enfonçai sa poignée en tremblant, le souffle haché. Son métal était glacé sous mes doigts. Je l'abaissai, puis, retrouvant mes repères, la relevai au point de presque la déboîter. Nous allions enfin sortir, je pouvais respirer. J'appuyai. Encore. La portière ne bougea pas. Le choc avait dû la tordre. La carrosserie déformée la retenait prisonnière. Je hurlai ma frustration, enfonçant le métal à coups d'épaule. Je redoublai d'efforts et finis par basculer vers la terre, les pieds encore à l'intérieur.

– J'ai réussi, vous m'entendez ? J'ai réussi.

Ma tête s'enfonça dans mes épaules. Avais-je dévoilé notre présence à des prédateurs ? Après quelques secondes, minutes, heures, mois de silence oppressant, j'osai recommencer à remuer. J'avais toujours la crainte de blesser plus encore Emrys et Lomen, mais je ne pouvais pas les abandonner dans le véhicule. Ils seraient plus à l'abri allongés sur le sol. Un gémissement échappa à Emrys alors que je la tirais vers moi. Elle était encore en vie ! Je mis d'autant plus d'ardeur à la faire glisser, soutenant ses épaules pour que sa tête ne tombe pas trop brusquement en arrière. Son corps fut plus malmené que je ne l'aurais souhaité, mais elle finit enfin par reposer à quelques dizaines de centimètres de notre voiture.

Sortir Lomen fut plus compliqué. Je dus m'attaquer à une autre portière, me battre contre sa ceinture de sécurité, lutter pour me déplacer avec un corps bien plus grand et plus lourd que le mien. Quand ses mains retinrent les miennes, je bondis et me heurtai le crâne contre le volant. Sous la surprise, je me mordis la langue alors que Lomen remontait jusqu'à mon cou pour le serrer. Il ne m'avait pas reconnue. Ou il profitait de la situation pour se débarrasser de moi. Des étoiles explosaient devant mes yeux. L'obscurité me cernait. Mes bras étaient trop mous pour retenir Lomen, mes doigts voletaient contre les siens sans parvenir à les écarter, je n'avais plus la force de les repousser. Je voulais lui dire qui j'étais, mes mots ne passaient pas le barrage de sa strangulation. Je ne savais même pas s'il me voyait. J'avais voulu le sauver et j'allais mourir entre ses mains. Reprendraient-ils ensuite ma quête pour aider Lubin ? Je regrettai de n'avoir pas pu lui dire au revoir. Mais peut-être allais-je bientôt le retrouver… J'abandonnai. Mes poignets retombèrent dans le vide entre le volant et le siège. Mon corps continuait à s'arc-bouter, presque malgré moi. Mes yeux papillonnaient de plus en plus, bientôt le monde disparaîtrait. J'aurais voulu tourner la tête pour voir une dernière fois Emrys, mais Lomen me serrait trop fort. Un grondement m'emplit les oreilles et je le laissai me noyer.

CHAPITRE 21 :

TOUS AUX ABRIS !

–

« Règle 6 : La raison d'être du contrat Dorian Gray est la solidarité entre les citoyens. En diminuant les dépenses de santé, nous pourrons garantir à tous une vie meilleure. En offrant leur force au pays, tous les habitants s'assurent de vivre dans les meilleures conditions possibles. »

–

L'air me déchira les poumons. Je continuais à regarder des étoiles alors que mes yeux étaient toujours fermés. Loin, peut-être sur l'une de ces planètes éloignées, des voix angoissées habitaient l'espace. Certaines syllabes ricochaient à intervalle régulier. Si je me concentrais, je pourrais peut-être les déchiffrer. Je serais la première morte capable de communiquer avec une civilisation intergalactique. J'entendais « ne », peut-être une négation. Puis « mort », ils ne devaient pas identifier mon genre. Un « a » aussi, insistant.

Quelle était leur apparence ? Leurs mots ressemblaient aux miens. Dans un ordre différent, ils auraient presque pu prononcer mon prénom. Morane.

Mor — A — Ne.

Le cri d'Emrys trouait la nuit. J'ouvris les yeux. Je ne pouvais pas encore parler. Juste acquiescer à ses interrogations répétées.

Oui, j'allais bien. Oui, je me souvenais d'elle, de moi, de qui nous étions. Oui, j'avais mal. Oui, je voulais bien de l'eau.

Lomen n'était qu'une masse adossée au véhicule retourné. Il n'osait pas s'approcher ni m'observer. Emrys fourrageait dans les réserves, cherchant une bouteille qui n'aurait pas été renversée. J'essayai de me relever. Je tremblais, vidée de mes forces, mais je ne pouvais pas rester allongée.

– Pourquoi ?

C'était court. C'était suffisant. Lomen se redressa, écartant les mains qui cachaient son visage. Il était plus pâle que jamais.

– Je ne sais pas. Je ne pensais pas. Ce n'était pas toi. Tu étais un ennemi, qui me poursuivait, qui voulait me tuer. Je n'ai jamais voulu te faire de mal.

Ses explications étaient bienvenues. Emrys, tranchante, le coupa.

– Ne fais pas mine de t'approcher d'elle. Je t'ai assommé une fois, je peux recommencer.

Elle me soutint pendant que j'avalai quelques gorgées. Elle m'expliqua qu'elle avait repris conscience au bruit de la lutte qui secouait la voiture, mes pieds frappant toutes les surfaces possibles. Elle avait alors attrapé un des bocaux vides pour l'écraser sur le crâne de Lomen. L'ayant assommé quelques secondes, elle avait pu m'extraire du véhicule. J'étais à court d'air, et elle avait partagé le sien avec moi, posant sa bouche contre la mienne et soufflant. Je muselai le léger trouble qui voila mes idées à cette pensée.

Emrys devait aussi s'occuper de Lomen. Je dus insister pour qu'elle l'examine. Le visage de Lomen était entaillé. Dans la nuit, seul un premier nettoyage de sa plaie était possible.

Ce fut seulement quand elle eut fini avec Lomen que je me rappelai le liquide gluant qui maculait le siège arrière. Qui s'était occupé de sa blessure ? Elle éclata d'un rire surprenant, presque soulagé, quand je lui posai la question. J'avais cru manipuler un corps ensanglanté, alors qu'elle était seulement recouverte de la sauce échappée d'un récipient mal fermé. Sans les hallucinations de Lomen, nous aurions tous été saufs.

Ce rire, ce constat... Aucun nuage ne nous avait rattrapés, finalement. Avions-nous seulement été poursuivis ? Nous aurions dû monter la garde, guetter les alentours... L'épuisement nous saisit d'un coup. Je ne sais lequel d'entre nous s'endormit le premier. Ce fut la rosée, probablement, qui me réveilla.

Emrys était allongée tout près de moi, Lomen toujours à la même place depuis la veille. Il pivota vers moi en m'entendant remuer. Je me rapprochai, laborieusement.

– Elle va marcher beaucoup moins bien.

Lomen observa la carcasse avec moi. Sa moue traduisait sa lassitude.

– Même si nous avions la force de la retourner, la batterie est en miettes. Quant au moteur... Quand je pense qu'elle est restée en bon état toutes ces années.

– Je suis désolée.

La tentation de m'excuser était plus forte que moi.

– Ce n'est pas de ta faute. Ce n'est pas toi qui conduisais et qui t'es emballée sur l'accélérateur. Sans doute pour rien, en plus, juste un souffle de vent sur la terre...

– Tu sais si on est loin d'un village ?

– Sans doute pas trop. Quand ton amie sera éveillée, nous remonterons le talus pour retrouver la route. Il ne nous restera plus qu'à la suivre.

– Tu veux... Tu veux rentrer chez toi, maintenant que... ?

Comment poursuivre cette phrase ? Maintenant que nous avions détruit son véhicule, que sa présence devenait inutile, que notre quête s'enlisait une fois de plus... Lomen m'épargna cette peine en secouant la tête.

– Ma mère m'écartèlerait vif et plongerait de petits morceaux de moi dans ses mixtures secrètes si je vous abandonnais maintenant. La solidarité a toujours été son moteur. C'est pour ça que nous nourrissons les petits gars de la ferme en jachère. C'est pour ça que nous vous avons accueillies. Et c'est pour ça que je vous accompagnerai jusqu'à ce que l'on trouve quelqu'un d'autre pour prendre soin de vous.

– Et j'espère que ça ne tardera pas.

Emrys n'avait rien perdu de sa colère de la veille. Elle haussa un sourcil pendant que je la fixais. Comme elle, Lubin aurait pensé que je pardonnais trop vite. Je n'avais jamais su être autrement.

Nous repartîmes. À pied. Ma gorge était sèche alors que la journée commençait seulement. Nous répartîmes entre nous les réserves qui avaient survécu à l'accident. Emrys portait le sac le moins lourd. Nous ignorions à combien d'heures de marche se situaient les habitations les plus proches, et si nous y rencontrerions un accueil chaleureux. Je résistai à l'envie de saisir la bouteille qui glougloutait dans mon dos. Du haut de la butte, j'examinai une dernière fois l'épave qui avait été une voiture. J'avais l'impression d'abandonner un abri.

CHAPITRE 22 :
LA LONGUE MARCHE

–

« Règle 21 : Devenir parent, c'est à la fois apporter de nouvelles forces à la société, mais aussi lui demander un investissement. En contrepartie, les nouveaux parents renonceront à une portion de leur jeunesse, et leur âge apparent sera amputé de quinze années. Ce qui permettra également de financer les soins médicaux nécessaires pour les enfants n'ayant pas encore signé le contrat ni reçu le traitement de prolongation. »

–

À la première habitation, nous fîmes halte. Une femme, un bébé dans les bras, nous ouvrit la porte. Elle arborait l'air à la fois épuisé et ébahi de ces nouveaux parents qui viennent de renoncer à leur jeunesse. Ses traits tirés accusaient son manque de sommeil, ses cheveux soigneusement relevés proclamaient sa fierté de les voir soudain méchés de gris. Son air scrutateur nous interrogeait. Lomen raconta la vérité. En partie. L'accident de voiture était facilement vérifiable. Et la faiblesse opportune d'Emrys, pressant sa blessure, finit de la convaincre.

Elle nous laissa entrer. Nous proposa un morceau de pain de la veille et un verre d'eau de son puits. C'était peu et tout à la fois. Alors que son mari nous rejoignait, Lomen entreprit de les interroger. Nous recherchions un vieil ami à lui, qui devait résider dans les environs. Mais il y avait tellement longtemps que nous ne lui avions pas rendu visite que nous avions perdu son adresse. Est-ce que sa description ou celle de sa demeure leur rappelait quelque chose ?

– Sa maison est à l'autre bout du village. Mais ce n'est pas très grand ici, vous y serez rapidement. Il est assez sauvage, je ne sais pas s'il vous laissera entrer. Il semble n'aimer que les enfants… Mais si vous dites que vous êtes de ses amis…

– Oui, oui, mon père et lui… Vous pouvez nous indiquer le chemin, s'il vous plaît ? Tout de suite ?

J'allais enfin retrouver Lubin au bout de cette route, le reste m'importait peu. Lomen parvint à dissuader notre hôte de nous accompagner, pendant que je trépignais sur le seuil. J'ignorai délibérément la grimace d'Emrys quand elle se releva. Elle serait bientôt entre les meilleures mains du monde. Ses quelques efforts supplémentaires en valaient la peine.

Sa fatigue, seule, me retint de courir jusqu'à la maison de Jackson.

Quelques dizaines de minutes plus tard, nous étions arrivés. Je reconnus enfin les volets bleus que j'avais guettés. Comme je m'y attendais, ils étaient fermés. L'un d'entre eux, en hauteur, battait, dégondé. Il n'était maintenu que par sa charnière inférieure et pendait. Jackson restait tellement enfermé chez lui qu'il ne s'en était peut-être même pas rendu compte. Je souris, alors qu'Emrys me rejoignait.

– Tu crois qu'il est parti ?

– Non. Jackson n'a jamais été très soucieux des apparences. Il ne fait le ménage que quand il n'y a plus de vaisselle propre, tu vois le genre ?

Elle acquiesça, les sourcils froncés. Je contournai la maison.

– Il ne répond pas non plus quand on frappe à la porte. Il l'a isolée pour assourdir les sons. C'est sa façon de décourager les importuns. Par contre, l'entrée arrière, par la cuisine, n'est jamais verrouillée. Ainsi, il n'a jamais à chercher sa clé. Ce n'est pas très prudent mais il est persuadé qu'aucune serrure ne résiste à ceux qui veulent vraiment entrer. De cette manière, il évite de se fatiguer pour rien.

La porte était ouverte, en effet. Grande ouverte. Ce fut la première alerte. La flaque d'eau à l'entrée de la pièce fut la deuxième. Il avait plu depuis que cette porte béait et personne n'était passé par là pour essuyer les dégâts. La tasse en miettes à côté de l'évier, et son thé qui avait séché en laissant une tache sombre, m'inquiéta encore plus.

Je hélai le nom de Jackson à peine le seuil franchi. Pas de réponse. J'ignorai l'hésitation d'Emrys, sa main sur mon épaule pour me retenir, et m'avançai dans l'habitation. Les traces de passages récents me guidaient. C'étaient une éraflure dans la porte menant au salon, un coussin écrasé au sol, une rambarde brisée dans l'escalier, une porte enfoncée devant le bureau... Les volets fermés empêchaient le soleil d'y entrer, le froid s'agrippait à ma peau. L'antre de Jackson n'était plus qu'un décor éventré, ses dossiers étaient épars, l'écran de l'ordinateur clignotait, relié au vide... la tour centrale avait été arrachée. Nous arrivions trop tard.

Je sentis le bras d'Emrys autour de moi, mais je n'étais plus là. J'étais dans mes souvenirs, à la même place, des mois plus tôt. Quand Lubin et Jackson discutaient ensemble. Maintenant, ils avaient tous les deux disparu.

Ce soir-là, Lomen prépara le repas en puisant dans les réserves de Jackson. Emrys ne me lâcha pas un seul instant. Un cri sourd tonnait dans mes oreilles et je n'entendais plus que lui. Nous

nous assîmes dans le salon. Je voyais bouger les lèvres d'Emrys et de Lomen, sans rien entendre. Je grelottais sous la couverture qu'Emrys avait dépliée pour moi. Leurs attentions cherchaient à me faire revenir, mais je fermai les yeux pour mieux m'éloigner.

Je ne sais combien de temps passa avant que des notes de guitare ne me sortent de mon engourdissement. Elles hésitaient, se cherchaient… Lubin avait toujours été plus confiant quand il jouait, mais peut-être… La déception me souleva comme une vague qui s'abattit sur Lomen pour lui arracher l'instrument des mains. Je tremblais, de rage autant que de tristesse.

– Où… ? Où… ?

Mes dents claquaient trop pour que je termine ma phrase. Pendant que Lomen expliquait où il avait trouvé l'instrument de Jackson, je revoyais cette vieille photo, glissée entre d'autres autour du miroir de notre salle de bains, à la capitale. Lubin y était reconnaissable, ainsi qu'un Jackson plus souriant que je l'avais jamais connu, et un troisième homme dont je n'avais jamais su le nom. Tous les trois tenaient des guitares à la main. Je secouai la tête pour les chasser.

– Excuse-moi, Lomen. Un instant j'ai cru que… C'était idiot, mais…

– On les retrouvera, Morane. Tous les deux, intervint Emrys.

Je posai la main sur son épaule pour la faire taire, puis montai doucement les marches vers la chambre qui avait été la mienne lors de mon précédent séjour. Mes espoirs s'étaient endormis quelques heures plus tôt et je voulais juste fermer les yeux et laisser le monde tourner sans moi quelques heures.

Ce n'était pas du tout ce qui allait se passer.

CHAPITRE 23 :
LAISSE-TOI ALLER

–

« Règle 322 : De même que chacun sera libre de signer ou non le contrat, toutes les formes d'engagement amoureux seront autorisées, du moment que tous leurs membres y sont consentants. Néanmoins, le même effort pour contribuer à la bonne marche de la société sera demandé à tous les couples ou groupes, amoureux ou partenaires de vie, momentanés ou permanents. »

–

Emrys me rejoignit quelques minutes à peine plus tard. J'étais assise sur le lit. Roulée en boule, caparaçonnée contre mes genoux (repliée sur mon désarroi serait plus juste). Elle se posa à mes côtés. Puis déplia mes doigts et les noua aux siens.

– Tu n'es pas obligée de porter ta douleur toute seule, tu sais ?

– C'est pourtant bien la mienne. Toi, tu peux repartir demain et reprendre ta route. Lomen, n'en parlons même pas. Moi, je n'ai plus d'univers. Je n'ai plus rien.

– Tu m'as, moi.

– Et c'est censé suffire ?

L'amertume de mes propos ne parvint pas à ternir la douceur qui enroba les siens.

– Ça le pourrait.

Je la scrutai. Elle gardait la tête penchée. Le regard fixé sur nos deux mains. Enlacées. L'air devint tellement pesant, dans le silence, que ma poitrine peinait à se soulever. J'avalai ma salive, dans l'espoir qu'elle retrouverait mes mots au passage. Deux fois. En vain. Je ne savais pas quoi lui dire, mais je ne voulais pas qu'elle me lâche.

– Emrys ?

– Oui.

Sa voix n'était plus qu'un murmure, presque rêveur.

– Je ne sais pas… Je n'ai jamais…

Elle soupira et fit mine de se lever. Je la retins. C'est seulement alors qu'elle croisa mon regard et que je pus puiser ma vérité dans ses yeux.

– Je ne veux pas te perdre, toi aussi. Mais je…

Sa patience me poussait à continuer. La rougeur gagnait mes joues, m'envahissant tandis que les mots se précipitaient dans ma bouche puis hésitaient à sortir.

– Je ne… Oh, mince ! Je n'ai jamais eu d'amie comme toi. Je ne me suis jamais sentie aussi proche de quelqu'un. De qui que ce soit. Et si je m'arrête pour y penser, ça me fait presque peur. Mais je ne veux pas que ça s'arrête.

J'avais plongé. Et j'étais essoufflée. C'était moi maintenant qui fixais le dos de nos mains.

– Morane ? Moi non plus, je ne veux pas… Je crains le moment où je devrai m'éloigner de toi. Où tu me demanderas de partir. Où tu ne voudras plus jamais me revoir. Et ça arrivera. Ça arrivera forcément.

– Ne dis pas ça.

– Tu ne connais rien de moi, de mon passé, de ce que j'ai dû faire. Je ne t'ai apporté que des ennuis depuis que je suis entrée dans ta vie. Je devrais partir.

– Non !

J'avais crié, en me dressant. Nous étions face à face et je tremblais.

– Ne me quitte pas. S'il te plaît. Je…

Emrys se pencha vers moi, son souffle dans le mien.

– Je le devrais. Mais je n'en ai pas la force.

Elle semblait le regretter alors que j'exultais. Mon sang bouillonnait en explosant à l'intérieur de moi, mes nerfs crépitaient et je devais me rappeler de respirer. Inspirer. Expirer. Inhaler l'air brûlant qui sortait de la bouche d'Emrys. Mon regard oscilla dans le sien quand ses lèvres frôlèrent les miennes.

Ce n'était pas assez. Même pas un baiser, à peine une caresse. Un effleurement qui ne devait pas s'arrêter. Emrys s'éloignait déjà, se détachait de moi. Je serrai sa main encore plus fort, la tirai vers moi. Et plongeai. Nos lèvres se heurtèrent et un rire nerveux m'échappa. Je ne contrôlais plus rien. Emrys quitta enfin son air grave, les coins de sa bouche se soulevèrent. Puis le sérieux envahit son regard et la gravité la rapprocha de moi. Les yeux clos, je savourai tout. La surprise. L'apaisement. Son goût. Cette pression différente et si évidente à la fois. La faim dévorante.

Emrys s'écarta. Ma main se tenait toujours à la sienne. De l'autre, elle repoussa une mèche derrière mon oreille. Sa peau me faisait frissonner.

– Je n'avais pas prévu ça. Je croyais que tu… Quand tu as raconté cette histoire avec le faux jeune qui t'a prise au piège…

Je n'osais plus la fixer. Gênée soudain de ce qui venait de se passer. Ce fut en rougissant que je cherchai à m'excuser.

– Je n'ai jamais… C'est la première fois avec… Enfin…

– Une fille ?

J'acquiesçai, ignorant son ton moqueur. Elle se pencha pour chuchoter dans le creux de mon oreille.

– Et tu as envie de recommencer ?

Je relevai la tête. Son regard pétillait. Je hochai le menton. Emrys resta immobile et je compris. C'était à moi de venir vers elle. Mes doigts libres s'égarèrent sur sa joue, juste à côté de ses lèvres. Ils tremblaient à peine.

Notre baiser fut plus lent cette fois. Comme une redécouverte. Nous nous allongeâmes ensuite sur le lit, les mains toujours liées. Emrys n'avait toujours été attirée que par des filles. Pas moi.

– Je n'avais pas prévu de tomber amoureuse de toi.

– Personne ne le prévoit jamais. Ma mère s'imaginait passer sa vie avec un artiste. Puis elle a rencontré mon père. Il construisait des maisons. Ils se sont aimés pendant trente ans.

– Et après ?

– Je n'ai pas envie d'en parler.

Nous passâmes à autre chose. J'étais absurdement curieuse de savoir combien de filles elle avait connues avant moi, depuis combien de temps je l'attirais… Autant de questions qui m'évitaient aussi de penser à ce que nous ferions le lendemain. Mes plans n'allaient pas au-delà des retrouvailles avec Jackson. Sa disparition effaçait mes projets. Passer la nuit à discuter de notre relation était beaucoup plus facile. Même si ma naïveté poussait parfois Emrys à se moquer de moi. Je voulais qu'elle m'apprenne. Qu'elle m'explique comment être amoureuse d'une autre fille. Il n'y avait pourtant rien à enseigner. Juste à ressentir…

CHAPITRE 24 :
MUSIQUE DE FÊTE

–

« Règle 45 : La durée du contrat ne pourra pas être prolongée. Il prendra fin dans sa cinquantième année, sans recours possible. Un courrier officiel sera envoyé dans les douze mois précédant l'échéance pour que chacun puisse régler ses affaires en cours avant de partir, afin de ne laisser personne dans l'embarras avec une disparition soudaine. »

–

Quand je m'éveillai, Emrys était toujours à côté de moi. Ses cheveux dessinaient une auréole autour de son visage. Je ne l'avais jamais vue aussi détendue. Plus que moi en tout cas. Je me sentais à la fois euphorique après les événements de la veille… et terriblement gênée. La différence avait toujours fait partie de moi, à cause du métier de Lubin, de sa manie des secrets. Je devais taire ses expériences, protéger ce qu'il faisait, même si j'en ignorais tout. Mais ce pas de côté avec Emrys atteignait un autre cap dans la différence. Au moins pour moi. C'était tellement nouveau, je craignais les chemins où notre relation allait m'emmener. Sans vouloir renoncer à ce voyage.

Au rez-de-chaussée, Lomen fourrageait dans la cuisine. Les paquets s'entrechoquaient pendant qu'il marmonnait. Je m'assis et lui présentai mes excuses pour mon comportement de la veille. Nous avions un rapport particulier, tous les deux : je parlais à son dos et c'était plus facile.

– Pas de souci. Ta copine m'a expliqué que ton père jouait de la guitare et que ça t'avait perturbée de m'entendre.

– Pourquoi tu appelles Emrys comme ça ? Non, laisse tomber !

Je pris une inspiration profonde. Il faudrait que je m'y habitue. Du moins, je le supposais. Emrys était maintenant ma copine, quoi que ce mot recouvrît. Mais j'avais autre chose à dire.

– Lubin et Jackson jouaient parfois ensemble. Quand ils en avaient l'occasion. Mais ils n'étaient pas seuls. Il y avait un troisième musicien. Ou, en tout cas, il y en a eu un à un moment donné.

– Et... ?

Il allongea le mot, sans se retourner vers moi. Je me retins de réagir à son manque évident d'intérêt. Je n'étais pas persuadée moi-même que ce nouveau plan ne déboucherait pas sur une impasse. Une fois de plus.

– Peut-être que... si on retrouve ce type, on arrivera à comprendre pourquoi Lubin et Jackson ont tous les deux disparu.

– Bien sûr. Tu sais où tu peux le joindre ? Tu connais son nom, au moins ? Est-ce que tu as le moindre indice pour te lancer à sa poursuite, bon sang de navet !

Mes dénégations l'énervaient. Ses mains couvertes de farine tombèrent sur la table. Je lui répondis d'un filet de voix.

– Mon père avait une photo. Dans notre logement. Je crois que... que peut-être il a noté quelque chose au dos, qui nous permettrait de le retrouver.

– Tu crois ! Peut-être ! Non mais tu t'entends ? Tu vas nous emmener jusqu'où comme ça ? Toi, tu es peut-être prête à la suivre jusqu'au bout du monde, mais moi je dis que c'est de la folie.

Je me tournai vers Emrys. Elle était là, dans l'embrasure de la porte, pieds nus, les traits encore chiffonnés par la nuit. Je ne l'avais jamais trouvée aussi belle. J'essayai de lui sourire, mais son air soucieux me retint.

– Dans votre logement ? Tu parles de la maison de la plage ?

– Non, pas là. Il ne gardait rien de personnel là-bas, ou presque. C'était le refuge de ma mère avant tout. Non, chez nous, à la capitale.

Emrys se mordit les lèvres, songeuse. Elle était pâle, elle aurait dû s'asseoir. Sa main frottait son bras pour le réchauffer, attirant mon attention sur sa chair de poule.

– C'est trop dangereux de retourner là-bas, Morane. Ce n'est pas pour rien si Lubin a voulu vous en éloigner. On ne sait jamais qui… qui pourrait te tomber dessus.

– Ah, enfin une adolescente raisonnable ! Je commençais à croire que c'était une espèce disparue. Tu devrais écouter ton amie. Ton père est un adulte, il se débrouillera très bien sans toi. Qui que soient les types qui l'ont enlevé, ils ne savent pas où vous êtes. Vous n'avez qu'à vous planquer dans un coin et…

Mon inquiétude n'échappait pas à Emrys, qui se força à reprendre, butant sur ses mots.

– Peut-être que… Je ne sais pas, tu pourrais donner ton adresse à Lomen et il irait voir sur place, puis…

– C'est ça, bien sûr, et tomber dans un traquenard ? Non merci.

– De toute manière, Lubin m'en voudrait à mort si je laissais un étranger pénétrer seul chez nous.

– De toute manière, désolé de vous le répéter, mais ton Lubin est peut-être déjà mort.

Je ne compris que je m'étais levée que lorsque je sentis les bras d'Emrys autour de moi, me retenant. J'avais dû contourner la table. Mes ongles s'arrêtaient à quelques centimètres à peine des yeux de Lomen, qui s'enfonçait dans le plan de travail comme pour s'y encastrer. Il répétait : « Je m'excuse, OK, je m'excuse », pressé, inquiet. J'avais juste envie de lui répondre ce que Lubin me rétorquait dans ce genre de circonstance : « On ne peut pas s'excuser soi-même. On peut juste présenter ses excuses et espérer que les autres les acceptent. »

Lubin.

Il n'était pas mort. Il ne pouvait pas l'être. Pas encore. Je savais qu'il arriverait bientôt en fin de contrat, qu'il ne serait plus très longtemps à mes côtés. Nous évitions soigneusement ce sujet dans notre maison de la plage, et pourtant l'inquiétude grignotait nos réserves d'insouciance. Lubin allait disparaître, j'en étais consciente. Mais pas maintenant, pas comme ça.

Je me rassis, la main d'Emrys toujours sur mon bras. Elle ne me croyait pas calmée. Elle n'avait pas totalement tort. Lomen recommença à s'activer, à nous préparer un repas. Il se donnait une contenance et je cherchais comment les convaincre.

– Vous n'êtes pas obligés de venir avec moi. En tout cas, pas tous.

Ma gorge se serra. Je devais continuer. Je gardai la tête droite, sans la tourner vers Emrys, qui se tendait à mes côtés.

– Mais je dois aider Lubin. Il est toute ma famille, le seul qui reste. Je n'ai rien pu faire pour…

Oh, bon sang, ce que c'était difficile à dire.

– … pour ma mère. Cette fois, ce sera différent. J'irai à la capitale. Il doit y avoir des bus qui s'y rendent. Et s'ils me capturent aussi, eh bien au moins je le rejoindrai.

– Non, il ne faut pas ! Je veux dire… Ce n'est pas ce que Lubin voudrait. Il cherchait toujours à te protéger, tu l'as dit toi-même. Je ne peux pas te laisser te mettre en danger, tu ne sais pas… Tu ne sais pas de quoi ces types sont capables.

– Mais toi non plus. De toute manière, qu'est-ce qu'ils veulent ? Que Lubin trouve le moyen de prolonger encore leur vie ? Je ne suis pas une scientifique, moi, je n'ai même pas encore signé le contrat. Je ne suis qu'une vraie jeune. Depuis leurs expériences, ils ont dû comprendre que je ne leur suis d'aucune utilité. À la limite, pour faire chanter Lubin. Et je m'en contrefiche qu'il accède à leurs demandes, du moment qu'il est vivant.

– Ça semblait important pour lui, pourtant. S'il n'a pas voulu le faire, il y avait bien une raison. Peut-être qu'ils attendent autre chose de lui. Peut-être que c'est mal. Peut-être que…

– Même juste prolonger leur minable existence serait déjà une horreur. Cela irait à l'encontre de tout notre système. Les enjeux de société sont plus importants, là. On a un truc un peu bancal, mais qui fonctionne. Je n'aime pas trop les scientifiques, mais si ton Lubin refuse d'accéder à leurs demandes, j'aurais plutôt envie de le soutenir. Ce sera quoi, sinon, après : la vie éternelle ? Purée de chou-fleur, je n'ai jamais apprécié ces jeunistes, mais là… Je ne sais même pas pourquoi je suis étonné qu'ils n'en aient pas assez.

Lomen avait raison. Ils avaient tous les deux raison. Mais je ne voulais pas les entendre. Je n'en avais rien à faire que la société s'effondre. Je n'y avais jamais eu ma place, de toute manière.

Une musique dehors m'empêcha de trouver les mots pour les convaincre. Il y avait des cuivres et des tambours ; la mélodie pulsait l'air autour d'elle. J'avais oublié la date.

– Une parade ? Déjà ?

Emrys blêmissait, accrochée à la table. La question de Lomen m'arrêta alors que je me précipitais vers elle :

– Mais pourquoi une parade ? Il y a une fête particulière en ce moment ?

Nos bouches bées parlaient pour nous. Combien de temps était-il resté en ville s'il n'avait jamais vu de parade ? Et il devait bien y en avoir aussi dans sa campagne. Je lui expliquai tout en réfléchissant à ces questions.

– C'est le défilé de ceux qui sont en fin de parcours. Une fois par an. Ils sont à l'honneur une dernière fois avant que...

– C'est horrible ! Vous ne trouvez pas cela totalement glauque ?

Je haussai les épaules.

– Personne ne les oblige à participer : ils sont trop contents de pouvoir faire la fête, d'être les héros du jour.

Emrys poursuivit :

– Ainsi leurs proches n'oublient pas qu'il ne leur reste que quelques mois pour profiter d'eux.

– Et ils ont besoin qu'on le leur dise ? Ils ne peuvent pas juste savourer leur présence au quotidien ?

– C'est comme ça que ça fonctionne, c'est tout.

– Je déteste ce genre de réponse : personne ne vous apprend à réfléchir par vous-mêmes, à l'école ?

– On n'en a rien à faire de ce qu'on a appris ou pas appris ! L'important, maintenant, c'est de...

L'exclamation d'Emrys explosa avant d'atteindre sa cible : la porte de devant se faisait battre violemment. Suffisamment pour que nous l'entendions malgré l'épaisse isolation de Jackson.

Nos yeux se cherchaient, inquiets. La musique patientait toujours dehors, cette farandole un peu folle qui avait rythmé ma jeunesse. Pour moi, c'était une fête ; pour d'autres, un chant funèbre. Qu'allait-elle représenter pour nous ce jour-là ?

Nous étions figés. Je sentais déjà les tensions nous déchirer. Lomen partirait par la cuisine. Emrys irait se cacher pour passer inaperçue. Et moi ?

La poignée était actionnée : qui se permettait d'insister ? Et pour quelle raison ? Ma peau se glaçait à mesure que l'ombre envahissait les recoins de la pièce : combien de fois devrions-nous encore nous échapper ? Je ne voulais plus courir. Je ne voulais plus que les autres décident à ma place. Je n'allais plus les attendre. J'allai ouvrir.

CHAPITRE 25 :

UN DERNIER TOUR DE PISTE

–

« Règle 355 : Afin de garantir une parfaite équité pour tous, l'âge de chacun sera connu uniquement de la personne concernée et des autorités. »

–

Une femme patientait devant la porte. Souriante. Des rides discrètes encadraient son regard, signe qu'elle avait eu des enfants. Des couches de tissu superposaient leurs couleurs sur son corps frêle.

– Je ne m'attendais pas à vous voir ici. Vous êtes une amie de Jackson ?

Je ne savais quoi lui répondre. Comment connaissait-elle son nom ? Étaient ils proches ? Que lui voulait-elle ?

– Jackson assiste à la parade chaque année. Même s'il refuse de dire quand son tour viendra. Je lui avais annoncé que la mienne aurait lieu cette année, et il avait promis de m'accompagner. Quand je ne l'ai pas vu au départ, sur la place, je me suis dit qu'il avait oublié. Il est tellement distrait que cela ne m'étonnerait pas de sa part. Il est dans la cuisine ?

Alors qu'elle se décalait pour percer la pénombre derrière moi, j'aperçus la parade arrêtée devant la maison. Leur mélodie devenait crispante. Les cuivres, surtout, m'agressaient.

La femme en face de moi continuait à me sourire.

– Jackson ne… n'est…

Ma bouche était aussi asséchée que mon cerveau. Je n'y puisais plus d'excuses. Une voix masculine vint à ma rescousse.

– Jackson a dû s'absenter précipitamment. Nous sommes aussi déçus que vous, nous devions passer quelques jours ensemble. Il nous a demandé de l'excuser auprès de vous, mais je n'avais pas compris que la parade était déjà aujourd'hui. Le temps file à une vitesse folle, n'est-ce pas ?

La femme approuva, jaugeant Lomen qui m'encerclait l'épaule comme un vieil ami.

– Ne m'en parlez pas. J'ai l'impression que c'était hier seulement que… Vous joindrez-vous à nous ?

Les doigts de Lomen me serraient l'omoplate, alors que sa voix restait posée, calme, presque amusée.

– Pas cette année, ma chère. Pas encore.

– Oh, bien sûr, je comprends. Je vais vous laisser alors.

Elle fit demi-tour, avant de se retourner vers Lomen.

– Nous pourrons peut-être nous revoir… plus tard. J'ai encore un peu de temps devant moi.

– Mais bien sûr. C'est une excellente idée. Maintenant, si vous voulez bien nous excuser…

Je m'adossai à la porte. Un soupir de soulagement m'échappa. Il se transforma en fou rire, tandis que je me laissai glisser au sol. Les sourcils froncés de Lomen ne calmaient pas mon hilarité. Emrys apparut, aussi circonspecte que lui. Elle et Lomen échangèrent des regards perplexes jusqu'à ce que je puisse m'expliquer, interrompue par mes propres éclats de rire.

– Lomen vient d'assister à sa première parade. Mais pas n'importe laquelle : une parade… amoureuse ! Une femme en fin de contrat lui a proposé une dernière aventure et… il a accepté.

Emrys commença à pouffer, tandis que Lomen tâchait de se défendre.

– Mais pas du tout, je… je cherchais juste à me débarrasser d'elle, je n'ai même pas écouté ce qu'elle disait.

Chacune de ses explications réveillait mon hilarité et il rejoignit la cuisine en grommelant.

Emrys s'assit au sol, à côté de moi.

– J'ignorais que Lomen avait un goût pour les mourantes…

– On ne sait pas toujours par qui on peut être attiré.

La main d'Emrys jouait avec la lumière au-dessus de mes doigts. Je retournai la mienne pour l'attraper.

Ce fut dans cette posture que Lomen nous surprit, avant que je puisse répondre à Emrys. Avant, surtout, que je ne trouve les mots pour lui dire à quel point je n'avais pas envie de rire quand il s'agissait d'elle. Et de nous. Je ne savais pas comment l'exprimer. J'espérais juste que nos doigts entremêlés parleraient pour moi.

– Vous faites quoi, maintenant ? J'ai promis à ma mère de vous emmener à bon port, mais je ne suis pas certain que cette maison vide corresponde à sa définition.

– Oh, t'es vraiment obligé de prendre un ton aussi pompeux ? Je vous ai dit ce qu'il faut faire. Que vous soyez d'accord ou non ne change rien au fond du problème. Ça ne sert à rien de rester ici. Il faut aller en ville.

– Mais enfin, Morane, dit Lomen, tu te rends bien compte que l'appartement de ton… de Lubin aura déjà été fouillé de fond en comble. S'il y avait la moindre piste sur place, ceux qui sont venus ici avant nous l'auront déjà explorée !

Sauf s'ils ne savaient pas quoi chercher…

– Ils ne se sont certainement pas lancés à la poursuite d'un musicien dont ils n'ont jamais entendu parler. Jackson est un scientifique, comme Lubin. Pas ce troisième homme.

– Et tu penses trouver quoi, sur place ? ajouta Emrys. Son numéro de téléphone, son adresse et une heure de rendez-vous ? Je ne comprends pas ton entêtement à te jeter dans la gueule du loup ! Tu veux quoi, bon sang ! On n'est pas bien ici, à l'abri, sans personne qui nous demande quoi que ce soit, sans... ?

Pourquoi Emrys s'était-elle dressée ainsi, contre moi ? Les hochements de tête de Lomen, dans son dos, finirent de m'exaspérer.

– Vous ne comprenez pas, il est hors de question que j'abandonne. Lubin déplacerait des montagnes pour moi, il l'a toujours fait et...

– ... et nous espérons bien qu'il va continuer dans cette voie. Bonjour, mademoiselle Morane, enchanté de vous revoir.

D'autres personnes savaient que la porte de la cuisine était la seule de la maison qui s'ouvrait sans effort et sans bruit. Nous n'étions plus seuls...

SECONDE PARTIE

CHAPITRE 26 :
RETROUVAILLES

–

« Note de service : Tous les moyens doivent être mis en œuvre pour contraindre le prisonnier à dévoiler sa formule. Tous les moyens. Sans aucune restriction. »

–

Nous aurions pu discuter pendant le long trajet en camion solaire. Ou lors des quelques heures que nous passâmes tous les trois dans une même pièce avant qu'ils ne décident de nous séparer. Mais les hommes du laboratoire, suspendus à notre souffle, ne nous incitaient pas aux confidences. Je ne cessais de me demander comment ils nous avaient retrouvés. Mais je me refusais à leur faire l'honneur de leur poser des questions. Ils me donneraient des réponses bien assez tôt.

C'était ce que je me racontais alors qu'ils m'entraînaient dans des couloirs carrelés de blanc du sol au plafond, à l'éclat oppressant, vers une chambre noire. Là, le sol était souple sous les pas. J'aurais pu le trouver accueillant dans d'autres circonstances. Si une table métallique garnie de liens de cuir n'en avait pas constitué la principale décoration, par exemple. Ou si un gardien anonyme ne m'avait pas poussée sur une chaise froide, avant de se placer dans mon dos, les mains sur mes épaules pour mieux me contraindre. Mes poignets restaient liés vers l'arrière, malmenant mes muscles. Je ne tentai pas de me défendre. J'attendais le moment adéquat. Celui où je pourrais m'enfuir.

Une lumière rouge clignotante dans un coin du plafond me précisa que nous n'étions pas les seuls à assister au spectacle. En franchissant la porte, j'avais pu apprécier son épaisseur et celle des murs : nul cri ne s'échapperait d'ici. Un bruissement m'avertit qu'elle s'ouvrait à nouveau. Je me refusai à dévisager celui ou celle qui entrait. Le regard fixé sur mes chaussures, je laissai mes oreilles voir pour moi. Le choc mat d'un corps écrasé sur la table d'opération, le crissement des liens resserrés, des piétinements, des respirations excitées et une autre plus maladroite, presque suintante.

– Et moi qui pensais que vous seriez ravie de voir votre père… Vous me décevez, Morane.

Cette voix… Comment avais-je pu un jour la trouver séduisante ? Elle ne parlait que d'onctuosité, de mensonges et de caprices. J'avais souhaité ne plus jamais revoir Stepan et le seul moyen d'y parvenir était de ne pas lever la tête. Sauf qu'il m'était impossible de lutter contre la main froide qui levait mon menton. En voulant éviter de regarder mon ancien amoureux et tortionnaire, je distinguai derrière lui des doigts pâles et écartelés, quelques boucles blondes collées sur une tempe, assombries par une croûte de sang qui les plaquait sur le front. Ce ne pouvait pas être…

– Lubin !

Même en poussant de toutes mes forces, même en me démenant contre l'étau de mon gardien, même en tentant de mordre sa main pour qu'il me lâche, avant qu'une gifle sèche ne me renvoie à mon statut de prisonnière, je ne parvins pas à me rapprocher de lui. Lubin. Dans quel état l'avaient-ils mis ?

Il pivota la tête vers moi, me fixant d'un œil fou. Ma salive se serrait dans ma gorge. Un gémissement m'échappa.

– C'est toujours adorable, ces petites réunions de famille. Tellement émouvant.

Le ton de Stepan était si dénué d'émotion que j'en frissonnai. Je lui aurais promis n'importe quoi pour qu'il relâche Lubin.

– Pourquoi l'avez-vous torturé ? Vous avez besoin de lui, c'est absurde de le blesser, c'est…

– C'est ce qui arrive quand quelqu'un refuse de répondre à nos questions. Vous n'avez qu'à prendre ça pour un avertissement. Vous m'avez compris, Morane, ma chère et tendre Morane ?

Ses mots me crispaient autant qu'un crissement de freins interminable. J'y répondis pourtant par des hochements de tête frénétiques.

– Bien, nous allons peut-être pouvoir nous entendre.

Il claqua des doigts et quelqu'un déposa une chaise face à moi. Alors que Stepan s'y installait, je me penchai pour trouver des réponses dans le regard de Lubin. Il n'avait pas d'autre moyen de m'en apporter, un bâillon taché de sang fermait sa bouche.

– Voyez-vous, votre père ici présent refuse de nous aider. Nous le lui avons pourtant demandé gentiment. À plusieurs reprises. C'est là que nous avons décidé de vous faire intervenir, comme vous vous en souvenez. Malheureusement, vous n'étiez qu'une perte de temps.

Son ton m'ensevelissait sous une boue froide. Je ne quittais pas Lubin des yeux. Je supporterais tout le mépris du monde si cela pouvait nous aider.

– Votre… déménagement nous a pris au dépourvu, je l'avoue. Nous avons dû engager des personnes extérieures pour vous retrouver. Là encore, ce fut bien trop long. Des semaines, des mois avant de pouvoir atteindre votre père. Le temps nous file entre les doigts et je déteste ça.

La voix de Stepan monta dans les aigus et il toussa pour se reprendre.

– Lorsque nous avons enfin mis la main sur lui, il y a quelques jours, votre père nous a affirmé qu'il nous donnerait tout ce que nous voulions si nous vous laissions en liberté. Mais il n'a pas tout à fait tenu sa promesse, sinon vous ne seriez pas là aujourd'hui. Il est temps de passer à d'autres méthodes.

Il se pencha vers moi, occultant mon champ de vision. Ne plus voir Lubin me paniquait, mais je me contraignis à rester attentive. La pression sur mes épaules ne se relâchait pas.

– Nous comptons sur vous pour le convaincre de travailler pour nos services. Sinon nous serons obligés d'employer des moyens nettement moins agréables. Nous nous comprenons, n'est-ce pas ?

Il attendait ma réponse. Patient. D'une patience glaçante. Ma respiration tremblait et mes doigts, derrière moi, gelaient. Je ne voulais pas lui accorder satisfaction, Lubin ne voudrait pas que je cède… Mais comment agir autrement ? Il n'y avait même plus assez de salive dans ma bouche pour que je l'avale, pas assez pour que je parle. Mon hochement de tête ne lui suffirait pas, mais il me permit au moins de lui échapper quelques secondes. Mon tortionnaire eut l'élégance de considérer l'ébauche de coassement comme un acquiescement.

Je bondis vers Lubin dès que la pression sur mes épaules s'allégea. La porte claqua en même temps qu'un ordre. Dix secondes. C'était tout ce qu'il m'accordait. Pas assez pour m'excuser. Beaucoup trop court pour obtenir une réponse. Lubin se troublait dans mes yeux inondés. Ses pupilles s'affolaient tandis qu'il parvenait à repousser son bâillon de la langue. La table s'écartait déjà de moi, j'étais tirée vers l'arrière. Un coin de métal, une lanière de cuir trop raide, une roulette qui heurtait ma cheville.

Lubin toussait, il voulait parler. Sa voix était encore plus rauque que la mienne. Je n'entendis que quelques syllabes alors que la porte se refermait sur lui. Je m'écroulai par terre, abandonnée par mon gardien. J'avais toujours su que Lubin ne m'aurait pas quittée. Le seul moyen à ma portée pour l'aider était d'obéir à son ordre. J'étais loin d'en avoir la force. Mes sanglots ne suffisaient pas à couvrir l'écho de ses derniers mots. Comment nous étions-nous retrouvés dans cette situation, lui et moi ?

CHAPITRE 27 :
LES RÈGLES EXISTENT-ELLES POUR DE BONNES RAISONS ?

–

« Note de service : Prolonger notre jeunesse doit être notre seule priorité. Les jeunes actuels ne sont pas assez efficaces pour nous remplacer au pouvoir. »

–

Ils m'emmenèrent à travers d'autres couloirs, vers une chambre anonyme. Mes pleurs m'avaient tellement épuisée que j'aurais dû m'y écrouler. Mais dormir était au-delà de mes forces. Je restai dans la position où ils m'avaient abandonnée, assise sur une couchette trop raide, ressassant sans cesse le son de la voix de Lubin.

« Pars.

Pars et laisse-moi. »

Il me demandait de fuir, de déserter. Je savais qu'il se laisserait ensuite achever. Il m'avait toujours cru plus forte que je ne l'étais. Je ne pouvais pas le laisser.

Un contact sur mon bras me fit tressaillir. Je n'étais plus seule dans la chambre, même si je n'avais entendu personne. Une main redescendit jusqu'à la mienne et je la retirai, les doigts crispés.

– Je suis désolée.

Une voix. Féminine. Chargée de douceur, de regret, d'hésitation. Elle m'assassinait.

– Que vas-tu faire ?

Je m'écartai de quelques centimètres. Je ne désirais aucun contact avec les gens emprisonnés là. Pourquoi ne voulaient-ils pas mourir, comme tout le monde ?

– Ils sont persuadés qu'ils pourront transformer la société, la rendre meilleure. Qu'ils ont juste besoin d'un peu plus de temps.

Sa voix se brisait sur le mur que je lui opposais. Quelques briques tombèrent avant que je ne me décide à lui répondre.

– Ils ont eu soixante-dix ans pour faire leurs preuves. Ce devrait être suffisant, non ?

– Peut-être… Peut-être qu'ils pourront réellement améliorer…

– Améliorer quoi ? Les règles ont été édictées pour que plus personne ne souffre, sauf ceux qui le choisissent. La vieillesse, si je veux. C'était leur slogan, non ? Quelles que soient leurs raisons, qu'est-ce qui peut justifier de… faire ce qu'ils font ?

Emrys secoua la tête quand je me tournai enfin vers elle. Elle tendit la main vers moi et je reculai. Elle fit semblant de ne pas être blessée. Mal.

– Ce n'est peut-être pas à nous de décider. On n'est que des gosses, on n'a pas encore eu le temps de comprendre tout ça. Si vraiment il y a un moyen de les prolonger, pourquoi refuser ? Où est le mal ?

– Si Lubin a refusé, c'est qu'il y a une raison. Je n'ai pas besoin d'en savoir plus.

Je me butais. Mais c'était ça ou recommencer à trembler sous les larmes.

– Sauf que, maintenant, tu n'as plus vraiment le choix, je crois.

– Il m'a demandé de partir.

Un silence. Presque aussi long que l'éventail des possibles. Emrys déglutit, cherchant ses mots.

– Et… tu vas le faire ?

Je me relevai. Je piétinai le sol en même temps que mes espoirs. Je les écrasais à chaque pas.

– Oui, bien sûr, trop facile. Je n'ai qu'à aller voir les types qui nous ont enfermées ici, leur dire que je ne suis pas tentée par leur proposition et suivre les flèches vers la sortie. À moins que je ne décide de me battre à mains nues contre eux. J'aurai certainement le dessus, non ? Puisque je suis du bon côté.

Je me retournai vers Emrys, sagement assise sur le lit, les mains croisées. C'était tellement plus facile pour elle.

– Oh, bien sûr, pour toi, il n'y a pas de problème. Ils n'ont aucune raison de te garder ici, tu ne leur sers à rien. Je suis même étonnée qu'ils ne t'aient pas encore relâchée dans la nature. Tu seras libre de reprendre ta petite vie tranquille. Parfois peut-être, tu repenseras à moi, en te demandant ce que devient cette ado hystérique qui se teignait les cheveux en bleu pour faire croire qu'elle était une rebelle. Et puis tu passeras à autre chose. Tu…

– Morane, il faut que je te le dise, je…

Elle avait profité d'une respiration entre deux vociférations pour m'interrompre. Mais la porte qui coulissa sur ma droite était encore plus efficace qu'elle.

– Vous ressemblez à deux chatons efflanqués en train de se disputer un morceau de saumon. J'ai l'impression qu'il était temps que je vous apporte à manger.

La femme qui nous faisait face m'était inconnue. Mais son uniforme blanc et son regard appuyé sur chacune de nous ne me donnait pas envie de mieux la connaître. Elle prit tout son temps pour amener devant nous sa table roulante, chargée d'un plateau orangé. Une cloche métallique cachait son contenu et filtrait son fumet. L'intruse remplit lentement deux verres d'eau, sans nous quitter des yeux. Elle ne me tourna pas le dos une seule seconde, même quand je fis mine de l'ignorer en fixant ostensiblement le mur face à moi. Pas une parole ne nous échappa et la femme disparut enfin.

– Tu as faim ?

Je grognai.

– Bon, je vais prendre ça pour un non. Il va pourtant bien falloir que tu manges, quoi que tu décides. Tu vas avoir besoin de forces. En tout cas, moi, j'en ai besoin.

Emrys soupira.

– Morane, ces gens... J'ai l'impression qu'ils sont prêts à employer des moyens que tu n'imagines même pas. Ils sont capables de...

– Tu crois que j'ignore de quoi ils sont capables ? Ils m'ont menti, dupée. Puis ils ont enlevé Lubin sous mes yeux, même s'ils étaient fermés parce que je dormais. J'ai l'impression qu'ils piochent parmi mes proches comme dans un paquet de bonbons. D'abord Lubin, puis Jackson, puis moi... Tu ferais mieux de t'éloigner, parce que tu es certainement la prochaine sur la liste. Il va t'arriver du mal, à cause de moi. Je dois mettre un terme à tout ça.

– Mais tu ne peux rien y faire, bon sang. C'est Lubin qu'ils veulent, ce sont ses réponses qu'ils attendent. Toi, tu n'es qu'un... qu'un outil pour eux, une clé qu'ils tentent de faire jouer.

Emrys se radoucit, passa une main fatiguée sur son visage. Ses doigts tremblaient.

– Ce qui arrive n'est pas de ta faute, Morane. Il faut que tu le comprennes. Tout ça, c'est à cause de Lubin. C'est uniquement à cause de lui que...

– Je t'interdis, tu m'entends, je t'interdis de tout lui mettre sur le dos. Tu n'as pas le droit !

Je repoussai Emrys en me débattant entre ses bras. J'aurais pu la griffer, la mordre.

– Lubin est blessé. Ils l'ont pris et ils m'ont laissée. Et pendant ce temps-là il souffrait. Et moi, je n'ai rien pu faire pour lui. Je ne peux rien faire.

Il ne fallait pas que je pleure. Un bloc de granit fit barrage dans ma gorge. Retenant les larmes. L'air aussi. Je me rigidifiai dans l'étreinte d'Emrys. J'espérais qu'elle me lâcherait. Le moment me semblait idéal pour aller taper contre un mur. Après quelques instants de lutte, je parvins à reprendre mon souffle. Aucune de nous ne parlait. Nous savions très bien que les mots suivants nous déchireraient.

Le son d'une grille de métal tombant devant nos pieds eut d'autant plus de mal à passer inaperçu.

CHAPITRE 28 :
C'EST TELLEMENT MIEUX, UNE BOUCHE D'AÉRATION

–

« Note de service : Nos scientifiques n'ont pas réussi à percer le secret de la formule implantée chez les contractuels. La puce de gestion, qui permet de débloquer les parents, n'a pas livré plus d'informations. »

–

La tête d'un homme surgit du plafond, suivant de peu la grille d'aération. Il n'avait pas un cheveu sur le crâne.

L'inconnu, suspendu au-dessus de nous, furetait des yeux dans les moindres recoins de la pièce, un doigt sur les lèvres. Quand il eut examiné, catalogué et enregistré l'emplacement de chaque objet (les deux lits et la table roulante ne nécessitaient pas tant de précautions), il nous fit signe de nous rapprocher. Il se pencha juste un peu plus pour que nous puissions entendre ses chuchotements.

– On n'est jamais trop prudent. Ils ont peut-être mis des micros dans la pièce. Vous êtes seules ?

Vu l'absence manifeste d'autres personnes dans la pièce, je me contentai de hausser un sourcil en guise de réponse.

– Très bien, vous comprenez vite, vous nous serez peut-être utiles. Vous savez si la prochaine visite est prévue pour bientôt ?

– On ne sait rien de rien. Pourquoi vous êtes là, d'ailleurs ? Qu'est-ce que vous voulez ? Et, surtout, qui êtes-vous ?

Je tirai sur le bras d'Emrys, autant pour la faire taire que pour la soutenir. Je me posais les mêmes questions qu'elle, mais le moment n'était peut-être pas le mieux choisi.

– Oh, bon sang, parfois je voudrais ne plus jamais croiser un adolescent de ma vie. Vous êtes des vraies, n'est-ce pas ?

Il insista, face à nos mines interrogatives.

– Vous n'avez pas été transformées en fausses jeunes ? Vous n'avez pas subi l'intervention ? Oh, bougres d'imbéciles, me faites pas croire que vous comprenez pas de quoi je parle.

– Non, nous sommes encore… naturelles. Monsieur, ajoutai-je avec un temps de retard.

– Parfait. Suivez-moi avant qu'ils procèdent à leurs expériences sur vous.

Il ne me fallut qu'un instant avant de faire rouler la table sous son trou, puis de tirer un lit pour la bloquer. Emrys me retint pendant que je le positionnais. Sa main contre mon bras était plus froide encore que le métal du mobilier.

– Je… Tu es sûre que nous devons suivre ce type ? On ne sait pas ce qu'il veut, c'est peut-être un nouveau piège et…

– La seule autre option est la grève de la faim. Cet homme est arrivé jusqu'ici, il doit savoir comment sortir sans se faire repérer. Pour le moment, c'est tout ce qui compte.

– Et si… ?

– Dites, les damoiselles, c'est pas que je m'ennuie dans mon perchoir, j'ai toujours adoré les bouches d'aération, mais il serait peut-être préférable de pas s'attarder.

Je me hissai jusqu'à lui et il tendit le bras pour m'attraper. Il portait un débardeur d'un blanc sale après avoir traîné dans les conduits. En me faufilant derrière lui, je constatai aussi que ses pieds étaient nus. Ce détail incongru me fit hésiter, mais il était déjà trop tard. Emrys m'avait rejointe, tâtant ses côtes, et notre sauveur repositionnait soigneusement la grille qu'elle lui avait tendue. Je haussai les sourcils : à quoi rimaient tous ces efforts, vu le bazar d'indices que nous laissions derrière nous ?

L'homme recommença à chuchoter, encore plus doucement que quelques minutes plus tôt.

– Mes informateurs m'ont fait savoir qu'il y avait un homme à libérer dans le complexe. Restez derrière moi et ne faites aucun bruit.

Il avait encore baissé la voix. S'il continuait, j'allais bientôt devoir lire sur ses lèvres. Or, je doutais d'être très douée pour cela, surtout dans la pénombre.

Se faufiler dans un tuyau à peine assez haut pour y tenir à quatre pattes peut sembler un exercice facile à première vue. Sauf qu'il ne me fallut que trois changements de direction pour sentir mon dos hurler. J'aurais volontiers vendu ma jambe gauche pour obtenir la possibilité de l'étendre entièrement. Seuls les multiples grains de poussière que je sentais sous mes mains me rappelaient la chance que j'avais de progresser dans la pénombre. Surtout quand mes doigts roulaient sur des résidus plus épais, presque craquants, dont je n'avais aucune envie de connaître l'origine. Soudain, notre libérateur s'arrêta. Je regrettai une nouvelle fois de l'avoir suivi quand mon front entra en contact avec son arrière-train.

L'homme s'était collé contre la lumière qui provenait d'une pièce en dessous de nous. Nos respirations résonnaient dans l'espace confiné. Il se contorsionna un moment, puis la grille disparut.

Bientôt, des cris bouchèrent le passage et des mains attrapèrent celles de notre sauveur.

– Je vais vous aider à grimper. Nous devons partir au plus vite.

Par-dessus son épaule, il m'assena ses ordres.

– Demi-tour. Ton amie passe devant et on vous suit. Arrêtez-vous à chaque virage et je vous donnerai la direction. Une mouche y perdrait ses petits, dans ce dédale.

Je transmis ses directives à Emrys. Nous progressions plus vite qu'à l'aller. Ni elle ni moi ne ralentîmes quand les vociférations derrière nous cessèrent d'un coup. En plein milieu d'un mot. C'était une femme. Peut-être la même que celle qui nous avait apporté à manger. Et elle ne s'était pas tue de son plein gré. Des haut-le-cœur me soulevaient par saccades, mais je ne pouvais pas m'arrêter. Nous allions sortir d'ici. Et retourner à la maison de la plage. Ou à n'importe quel endroit où, cette fois-ci, personne ne nous suivrait plus.

Nous avancions. À gauche. À droite. Tout droit. Je répétais les mots sans leur donner de sens, suivant juste les semelles qui étaient tout mon horizon. Soudain, des mains nous agrippèrent pour nous tirer hors du tuyau. Je restais courbée, mon dos ne savait plus comment s'étirer. Les baskets rouges d'Emrys étaient grises, je me grisai de ma liberté retrouvée quand deux autres paires de pieds se glissèrent devant moi. L'une était nue, écorchée, pleine de cals. La deuxième était chaussée de godillots.

Je relevai lentement la tête. Un pantalon de toile grossière, une chemise brodée de fils verts. Un visage d'homme. Pourquoi ? Pourquoi ces sourcils froncés, ce rictus qui n'accordait pas de confiance ? Pourquoi Lomen et pas Lubin ? À quel moment avaient-ils été échangés ?

– Vous vous êtes trompé.

Mon angoisse heurta celui qui était encore, pour quelques minutes, notre sauveur. Elle le fit vaciller. Ses yeux s'agrandirent, puis s'étrécirent. Je ne lui laissai pas le temps pour la moindre question.

– Il faut y retourner. Tout de suite. Vous n'avez pas libéré la bonne personne. Ce n'est pas lui. Je viens avec vous, je vous aiderai à le trouver.

Un homme, sans doute celui qui nous avait extirpés du conduit, se rapprocha.

– Qu'est-ce qu'elle dit, Willis ? Comment on aurait pu se tromper ?

Sans me quitter des yeux, Willis lui répondit.

– Je sais pas. Mais on peut pas repartir là-dedans. On est grillés. On devrait même plus être là.

Une main sur ma bouche bâillonna le cri que j'ignorais être en train d'émettre. Bloquée par des bras tout-puissants, je les vis reboucher de lames de bois, de pierres et de gravats notre échappatoire. Le trou d'où nous étions venus disparut et je fus entraînée par ces inconnus. Je mis quelques mètres à me rappeler d'observer les alentours. Pas par curiosité. Mais pour trouver le chemin du retour quand ils croiraient pouvoir me faire confiance.

CHAPITRE 29 :

UNE TASSE DE THÉ POUR PATIENTER

–

« Note de service : Les citoyens de base ne doivent pas être informés de notre projet. Ils ne comprendraient pas son importance. Le secret le plus absolu est requis et, même parmi le personnel, les informations communiquées resteront parcellaires. »

–

Nous traversâmes d'abord un bâtiment en ruine. Des toits et des murs crevés, des fenêtres cassées. Des étais de bois et de métal… Je compris que nous étions dans la ville abandonnée.

Le pas pressé, nous longeâmes d'autres bâtisses oubliées. Lubin m'avait expliqué qu'à chaque génération qui passait, le cœur de la ville se refermait sur lui-même. Il y avait longtemps qu'elle ne s'étendait plus, faute de nouveaux habitants pour la remplir : tous n'étaient pas prêts à abandonner leurs vingt ans pour un enfant. La population s'étiolait, peuplée de jeunes éphémères, et tous s'accordaient à dire que c'était mieux pour l'environnement. Jusqu'à quand ?

Je tâchai de ne pas perdre le compte des quartiers que nous traversions à toute allure. Nous restions au plus près des murs pour ne pas nous faire repérer par d'éventuels drones de surveillance. Je me demandai si les laborantins possédaient ce genre d'équipement et, surtout, l'autorisation de les utiliser. En théorie, ils devaient seulement servir à surveiller qu'aucun vrai jeune ne bravait le couvre-feu. Toujours pour notre sécurité, disaient-ils. Emrys, à ma droite, laissait de temps en temps la paume de sa main effleurer la mienne.

Nous dépassâmes quinze carrefours avant de bifurquer vers la droite. Des lambeaux de toile étaient accrochés aux charpentes des bâtiments abandonnés, les éclairant de couleurs vives. Des enfants vinrent rebondir contre nous avant de s'égayer plus loin. La rumeur nous précéda. J'entendais des murmures. « Plus nombreux. » « Des jeunes. » « Un naturel. » « La mission a échoué. » Ces derniers mots furent prononcés par une femme aux cheveux gris tressés en de multiples nattes sur sa tête. Elle tenait un bambin sur sa hanche, et il tirait sur la tunique claire qui lui descendait presque jusqu'à mi-cuisses. Je n'avais jamais rencontré autant de personnes âgées en si peu de temps et, déjà, je ne m'offusquais plus de leur apparence. J'arrivais à trouver cette femme belle, tant elle dégageait d'énergie et de force. Ses yeux bleus clouaient notre sauveur, qui se contenta d'acquiescer à sa remarque.

– J'avais pas prévu qu'il y aurait d'autres prisonniers. Tu m'as demandé de sortir un homme de là, c'est ce que j'ai fait.

– Je comprends, c'était facile de confondre. Entre un scientifique torturé qui a l'air d'un adolescent et un quadragénaire en pleine forme, j'aurais certainement eu du mal à faire la différence, moi aussi.

L'inconnue poursuivit.

– Et on fait quoi, maintenant ?

– Ben, comme avant. On s'est bien passés de lui jusqu'ici, on peut continuer. Ne prends pas tes grands airs avec moi, Fulvia.

– Oh, Willis, je ne sais pas ce qui me retient de t'étrangler. Et va mettre des chaussures, bon sang !

Willis s'éloigna et nous restâmes penauds face à cette femme qui nous toisait. Le gamin dans ses bras lui était comme une seconde paire d'yeux qui nous jugeait avec la même attention. J'étais décidée à ne pas céder et lui rendis son regard jusqu'à ce qu'elle secoue la tête.

– Bon, puisque vous êtes là, il va bien falloir faire avec. Et en plus cet abruti qui vous ramène jusqu'ici… Appelez-moi sainte Fulvia, la patronne des cas désespérés. Venez par là, on va trouver un coin où vous poser. Et ensuite, je pourrai répondre à toutes vos questions.

– Et Lubin… C'est lui que vous alliez chercher, n'est-ce pas ? Quand retournez-vous le libérer ?

Fulvia poussa un soupir.

– J'ai dit que je répondrais à vos questions plus tard. Ici, il y a des yeux et des oreilles jusque dans les rigoles. On a tous besoin de tranquillité.

En tournant le visage, je repérai plusieurs personnes qui rentrèrent prestement dans les recoins où elles se cachaient. La ruelle était plus peuplée que je ne le pensais. Un hochement de tête silencieux plus tard, je suivais Fulvia tandis qu'elle nous guidait dans un enchevêtrement de rues, puis de couloirs. Des portes de tissu et des rideaux de bois délimitaient un labyrinthe où j'avais beaucoup de mal à garder mes repères. Je fus encore plus distraite quand Emrys se rapprocha de moi.

– Tu lui fais confiance ?

Ce n'était qu'un murmure dans mon oreille, à peine perceptible. Pourtant, une crispation dans la ligne du dos de Fulvia attira mon attention. Peut-être nous entendait-elle quand même, malgré les interjections qui s'élevaient derrière les cloisons, les rires et les chants qui résonnaient alentour. Ces gens vivaient les uns sur les autres, sans aucune intimité. Je m'arrêtai juste un instant pour enlacer Emrys et lui glisser ma réponse tout contre sa joue.

– Je ne sais pas. Mais pour le moment, nous n'avons pas le choix.

Me séparer d'elle pour reprendre la marche fut beaucoup plus dur que je ne l'avais prévu. J'avais faim de sa chaleur, soif de son souffle contre moi... Mais il fallait avancer.

Nous atteignîmes une pièce recouverte de tapis tressés superposés. Fulvia déplia un rideau derrière nous, nous offrant un semblant d'intimité. Notre hôtesse se posa en tailleur sur une des nattes puis patienta, le temps que nous l'imitions. Emrys vacilla en se laissant tomber, la main toujours pressée contre son torse. Il faudrait que j'examine sa cicatrice plus tard.

– Du thé ne devrait pas tarder. J'espère que vous aimez ça. C'est une vieille tradition familiale pour se réchauffer le moral.

– C'est très gentil, madame. Mais il serait peut-être temps de nous expliquer ce que nous faisons ici.

Les rides autour des yeux de Fulvia se creusèrent quand elle sourit à Lomen.

– Un homme qui ne perd pas de temps, hein ? J'aime ça. Je vous donnerai tous les détails utiles quand le thé sera là. En attendant, si nous nous présentions ? Je m'appelle Fulvia, je suis la doyenne ici. Et vous ?

Je glissai mon doigt entre deux liens du tapis qui s'effilochaient pendant que nous déclinions nos identités. Le silence qui suivit ma prise de parole attira mon attention. Fulvia restait concentrée sur moi. Seule l'apparition d'un plateau chargé, entre les mains d'une gamine d'une dizaine d'années, put la distraire. Le plateau, écaillé, avait connu des jours meilleurs. Les tasses étaient dépareillées. La mienne s'ornait d'un soleil naïf et d'un chat. Mais le liquide fumant exhalait un parfum réconfortant qui rappelait les fruits d'été. Fulvia sourit alors que je le respirais à plein nez.

– Je vois que tu apprécies les bonnes choses. Je n'ai jamais pu me résoudre aux succédanés à base de plantes diverses que mes amis consomment. J'ai quelques contacts parmi les faux jeunes et ils me font passer ces feuilles.

– Je croyais que c'étaient vos ennemis !

– Pas tous, jeune fille. Emrys, c'est ça ? Il y a des bons et des méchants partout, je ne vais pas tous les mettre dans le même sac. Tu verras, c'est un truc qu'on apprend en prenant de l'âge. Enfin, en principe.

– N'essayez pas de nous endormir. Votre thé est arrivé, on est seuls… Il est temps de parler !

Même s'il était brusque, j'approuvais Lomen. J'étais pourtant contente de ne pas être celle qui bousculait Fulvia. Elle lui fit d'ailleurs sentir son mécontentement en prenant le temps de savourer sa première gorgée.

– Bien. Vous étiez dans le laboratoire, donc vous devez déjà connaître une partie de l'histoire. Les gens, là-dedans… Ils refusent les règles. Ils ont commencé par s'opposer à la nature, en gardant l'apparence de vingtenaires. Maintenant, ils s'en prennent à nos lois.

– On sait déjà ça. Ils veulent trouver un moyen de repousser leur date limite.

– Oui, et ils ont besoin d'aide pour y arriver. Ils pensent qu'un certain scientifique détient les réponses. Ton père, si je ne me trompe ?

Je me contentai d'acquiescer à sa question, les mains serrées sur ma tasse.

– Nous ne sommes pas trop d'accord avec leur projet. S'il n'y a plus de limite à la jeunesse, nos propres choix seront encore plus critiqués. Ils nous repoussent déjà dans les périphéries de leurs villes pour nous oublier… Le peu de compassion qu'ils manifestent envers nous disparaîtra si plus personne d'autre que nous ne vieillit. Je ne veux imposer de décision à personne, mais ce qu'ils font… ce n'est pas bien. Dès le début, ce n'était pas normal. Quelles que soient leurs justifications, même si c'était soi-disant pour des raisons économiques… Leurs excuses n'ont plus de raison d'être, maintenant. Tout le système devrait être revu. Mais personne ne l'acceptera. On peut juste limiter la casse.

La respiration de Fulvia était profonde. Comme si elle avait déjà trop réfléchi à ces problèmes. Je l'aurais volontiers bousculée pour qu'elle accélère son débit, mais ses propos faisaient écho en moi. Je n'y avais jamais réfléchi. Ne pas vieillir, telle était ma norme. Alors, un peu plus ou un peu moins…

– Il faut les empêcher d'accéder à une véritable jeunesse éternelle. Pour le bien de tous. Donc, j'ai décidé d'exfiltrer Lubin. J'ai envoyé un de mes meilleurs hommes dans les tuyaux afin de le faire sortir de là. Mais cet abruti s'est cassé la jambe et son frère, Willis, est parti à sa place. Vous connaissez la suite.

– Quand est-ce que vous retournerez le chercher ?

Fulvia poursuivit comme si je n'avais pas parlé. Emrys posa la main sur moi alors que je me redressais déjà. Je me retins quelques instants.

– Nous sommes dans une ZAD, une zone d'âges distinctifs. Nous avons ici des enfants, des ados, des adultes, des âgés… Ils nous tolèrent tant que nous ne nous mêlons pas à la population. Je ne sais pas quelles seront les conséquences s'ils découvrent que l'incursion vient de nous.

– Vous dites toujours « ils ». De qui parlez-vous ?

Fulvia toisa Lomen, souriant sans écarter les lèvres.

– Enfin une question intelligente. Le conseil, bien sûr. Ce sont eux qui dirigent la ville, et bien plus encore, même s'ils font semblant de proposer des élections. Tout ça, ce n'est que de la poudre aux yeux. Il y a déjà plusieurs décennies qu'ils sélectionnent eux-mêmes leurs remplaçants quand ils arrivent à la date limite.

– Vous voulez dire qu'on nous mentirait ?

– Et cela t'étonne, jeune fille ? Après ce qu'ils ont fait subir à ton père ?

– Mais comment saviez-vous qu'il était à l'intérieur du complexe ?

Fulvia haussa les épaules.

– J'ai mes informateurs. Mais nous sommes grillés, maintenant, nous ne pouvons plus passer par le même chemin. C'est trop risqué.

– Trop risqué ?

Cette fois, Emrys ne pouvait plus me retenir.

– Trop risqué pour qui ? Pour votre petit confort ? Lubin est à l'intérieur, ils le torturent, c'est lui qui court tous les risques pendant que... pendant que vous vous contentez de siroter votre thé.

Mon éclat de voix avait attiré l'attention. Celle de nouveaux venus qui se pressaient contre le rideau, à défaut de celle de Fulvia.

– En l'état actuel des choses, il n'y a que deux options. Soit ton père leur donne la formule qu'ils demandent, soit il meurt. Et la première solution n'exclut pas tout à fait la seconde.

Comment pouvait-elle être aussi froide ? Je jetai le contenu de ma tasse de thé sur elle et elle tressaillit à peine quand le liquide encore chaud atteignit ses cuisses. Si elle ne voulait pas m'aider, je trouverais une autre option. Je parviendrais bien à retrouver mon chemin dans leur labyrinthe. Et j'improviserais une solution en route. Même si je devais me battre seule.

– Combien d'hommes êtes-vous prête à nous céder pour qu'on tente une incursion dans le laboratoire ?

La question de Lomen me cueillit au vol. Je me retournai juste pour voir Fulvia pincer les lèvres.

– Nous sommes une démocratie, ici. Je ne décide pas pour les autres. Mais c'est une mission suicide que vous proposez. Vous risquez de ne pas avoir beaucoup de volontaires.

CHAPITRE 30 :
JUSTE UNE PETITE PUCE

–

« Note de service : Le nouveau contrat ne sera pas proposé à tout le monde, pas comme le précédent. Il est temps d'établir un classement de valeur parmi les citoyens. »

–

Le soir même, Fulvia organisa une assemblée. Elle nous prévint que tout le monde ne pourrait pas y venir : certains refusaient de se mêler à la foule, d'autres avaient été avertis trop tard… Je me demandai combien d'habitants la zone comptait. Et, surtout, combien viendraient avec nous ?

Emrys piétinait dans la pièce que l'on nous avait prêtée pour la journée. Elle ne cessait ses allers-retours de la fenêtre à la porte. Elle rechignait à croiser mon regard, même pour me répondre. Peut être en avait-elle assez de mes monologues ? Je me plantai au milieu de ses cent pas.

– Je sais que tu trouves mon idée idiote. Comme tout le monde ici. Mais tu… Il ne faut pas que tu te sentes obligée de venir avec moi, tu sais ?

Ma salive s'épaississait dans ma gorge, douloureuse.

– C'était sympa de passer du temps ensemble. Mais tu as le droit de tracer ta route. Si c'est ce que tu désires. Tu ne seras pas seule, ici, ils t'aideront et… tu y seras sûrement plus heureuse qu'avec moi.

Je ne savais pas jusqu'où je devais ainsi m'arracher la peau, écarteler mes sentiments et les saupoudrer de poivre. Sa tête se secouait de gauche à droite.

– Tu ne comprends pas. Je reste avec toi. Toujours. C'est ce que je dois faire.

– Mais non, tu n'as aucune obligation. Tu es libre. On ne s'est rien promis. Je…

Je voulais qu'elle m'accompagne. Jusqu'au bout. Mais pas qu'elle s'y sente obligée.

– Je veux que tu décides de ce que tu désires faire. Sans pression. J'accepterai ton choix, quel qu'il soit. J'ai juste besoin de savoir ce que tu penses.

– Tu veux que je te dise la vérité ?

Sa voix était plus jeune qu'elle, tellement fragile. Mon cœur s'émiettait déjà. Je me contentai de hocher la tête jusqu'à ce qu'elle me dévisage. Juste un instant. Avant que ses yeux ne s'échappent vers le plafond, les coins de murs au plâtre écaillé, la fenêtre sans vitre. Elle s'éloignait déjà et je dus l'attraper pour l'entendre.

– Je ne peux pas. Je n'en ai pas le courage. Je n'y arriverai pas. Tu vas me détester.

Emrys fourrageait dans ses cheveux et j'attrapai sa main. Elle puiserait peut-être un peu de réconfort dans mon contact. Même si ce devait être la dernière fois que je la tenais. Elle serra mes doigts avant de séparer nos paumes, nos doigts emmêlés dans une douceur qui me déchirait. Elle sortit alors un flacon de sa poche et le contempla longuement. Elle le fixa avant de hocher la tête et de le porter à ses lèvres. J'eus un mouvement pour l'arrêter, mais elle commença à parler.

– Le produit que j'ai avalé… c'est un sérum de vérité. Tu vas pouvoir me poser toutes les questions qui te titillent et je ne pourrai pas te mentir, ni même éluder. Retiens juste une chose…

Elle me regarda enfin, emplie d'un désespoir tel qu'elle en débordait.

– Quoi que tu apprennes, sache que je ne l'ai pas voulu, pas décidé. Je suis désolée, Morane, je n'avais pas prévu que cela se passerait comme ça.

J'aurais voulu me rapprocher d'elle, la serrer dans mes bras et oublier tout ce qu'elle n'osait pas me dire. Mais je sentais que je devais d'abord jouer le jeu, respecter son courage même si je n'en comprenais pas la raison. Sa vérité était-elle si difficile à m'avouer ?

– Ce flacon, il vient d'où ? Ça fait longtemps que tu l'as ?

Elle me fixait. Sa voix était blanche, désincarnée. Elle prononçait chaque mot comme s'il l'écartelait.

– Je l'ai depuis tout à l'heure. Quand nous étions au laboratoire. C'est la femme qui nous a apporté à manger qui me l'a donné.

– Mais pourquoi ?

– Elle voulait que je te le fasse avaler. Ils pensent que tu ne nous dis pas tout.

– Mais bon sang, je ne sais rien, quand est-ce qu'ils vont me laisser tranquille ? Attends… Pourquoi tu as dit « nous » ?

– Ils m'ont engagée. Je devais me rapprocher de toi. Pour obtenir des renseignements.

Je m'écartai de quelques pas.

– Je ne comprends pas. Ils t'ont… Tu travailles pour eux ? Tu m'as menti ? Depuis le début, tu me racontes des salades ?

– Non ! Oui… au début. Avant… Puis j'ai appris à te connaître et je ne savais plus comment…

Je levai la main.

– Je n'ai pas besoin d'en entendre plus.

Des frissons me parcouraient et je les ignorai. Comme la supplique dans le regard d'Emrys.

– C’est toi qui les as conduits jusqu’à nous ?

– Ils connaissaient l’adresse de votre refuge à la mer. Ils pensaient obtenir des informations par la ruse. Ils ont fait ce qu’il fallait pour que vous me fassiez confiance.

– Ta blessure…

Elle hocha la tête.

– C’était eux. Je ne suis qu’un outil à leurs yeux. M’abîmer n’était pas un problème pour eux.

Je n’arrivais pas à y croire. Je l’avais soignée, pansée. Je m’étais inquiétée pour elle.

– Et Jackson ?

– Cette nuit-là, après la ferme, quand tu m’as laissée… Ils sont venus. J’ai dû leur donner les coordonnées que tu m’avais indiquées. Elles étaient vagues, mais ils avaient plus de moyens que nous, apparemment.

– Mais comment t’ont-ils retrouvée ?

– Ils m’ont implanté une puce de géolocalisation. C’était facile pour leurs techniciens de nous suivre.

– Et tu l’as encore sur toi ?

Je me ruai à l’extérieur après qu’elle eut hoché la tête. Si elle disait vrai, les hommes de main des laborantins ne tarderaient pas à nous rejoindre. Il fallait absolument que je prévienne Fulvia. Nous devions tous fuir. Une part de moi espérait que ces révélations les obligeraient à envahir le complexe avec moi. Je ne m’attendais pas à leur réponse…

CHAPITRE 31 :
DES AMOUREUX SUR DES BANCS PUBLICS

–

« Note de service : Nous devons utiliser toutes les technologies actuelles pour parvenir à nos fins. Quitte à en inventer de nouvelles si nécessaire. »

–

Ils nous mettaient dehors. Emrys parce qu'elle était dangereuse pour eux. Moi parce que j'étais un appât trop tentant. Ils nous avaient bandé les yeux pour qu'on ne puisse pas guider des intrus jusqu'à leur centre de commandement et ils nous quittèrent, en pleine nuit, à plusieurs pâtés de maisons de chez eux. Je n'avais aucun repère. J'ignorais même par où repartir pour rejoindre Lubin. Je frissonnais. La lune voilée par de nombreux nuages ne parvenait pas à nous éclairer. Nous ne pouvions pas demeurer là.

– Tu aurais pu rester avec eux.

– Oui, et ma mère m'aurait tué quand elle aurait appris que j'avais abandonné deux jeunes filles toutes seules en ville. Avant de m'obliger à revenir ici pour vous porter secours.

– Tu n'aurais eu qu'à lui dire que certaines ont moins besoin d'aide que les autres.

La lumière manquait pour me permettre de détailler l'expression de Lomen. Je ne savais pas s'il haussait les épaules ou s'il cherchait comment me convaincre de pardonner à Emrys. Elle n'avait plus prononcé un mot depuis qu'elle m'avait avoué ses mensonges. Ce qui me convenait très bien.

Je m'éloignai à grandes enjambées. La distance n'augmenterait jamais assez vite entre elle et moi. Peu importait la direction que je prenais tant que je laissais Emrys derrière moi. Et tant que nous trouvions un abri. Les autorités n'étaient pas tendres avec les jeunes sans contrat qui restaient dehors après le couvre-feu. C'était pour nous protéger, disaient-ils, mais je n'avais pas envie de passer la nuit en cellule. Ni de devoir justifier l'absence d'autorité parentale. J'avais suffisamment entendu dire que ceux qui partaient en orphelinat ne réapparaissaient jamais. Je ne prendrais pas ce risque. Il me suffirait d'avancer tout droit. Je finirais bien par trouver un semblant de piste.

Après plusieurs croisements sans qu'une lumière s'allume, mes certitudes tombaient en ruines. Combien de kilomètres restaient inutilisés dans cette ville ?

– Eh bien, tu es pressée. On a failli ne pas réussir à te suivre.

On ?

– Mais qu'est-ce qu'elle fait encore là, elle ? Elle va nous coller longtemps ?

– On ne peut pas la laisser derrière nous, Morane. Ce serait inhumain. On n'abandonne personne, ni les animaux, ni les humains. Et encore moins les enfants ou les femmes.

– Et depuis quand tu es devenu un modèle de galanterie ?

N'avait-il pas entendu ce qu'elle avait expliqué ? Nous nous promenions avec une flèche lumineuse pointée dans notre direction, mais à part ça tout allait bien.

Lomen tenta de me rassurer. De me convaincre. Il gesticulait et je ne voyais que le profil d'Emrys, éteinte derrière lui. Je ne l'écoutais pas. Presque pas.

– Il suffit de lui enlever sa puce et tout sera réglé.

– Oh, mais bien sûr. Surtout que c'est tellement simple à faire, la nuit et à mains nues.

– On trouvera bien un médecin qui acceptera de faire ça pour nous.

– Ouais, ou un vétérinaire. Comment tu lui expliques, à ton médecin, que tu as sur les bras une adolescente pucée ? Comment tu le paies ? Et, surtout, comment peux-tu seulement envisager de continuer à faire confiance à cette... cette...

Il n'existait pas de mot assez fort pour exprimer ma colère.

Chaque minute passée en compagnie d'Emrys amputait nos chances de rester libres. Mais Lomen refusait d'entendre raison. Je serrai les dents et nous continuâmes à arpenter les rues, sans ralentir. Peu à peu, des lueurs éveillèrent le fond de la nuit. Nous nous rapprochions du centre.

Nous aurions déjà dû être récupérés depuis longtemps par les hommes de main des laborantins. Nous suivaient-ils à distance, bien à l'abri derrière un écran qui retraçait tout notre parcours ? Pourquoi tout était toujours aussi facile pour ceux qui étaient du mauvais côté ? Je stoppai si brusquement que Lomen me trébucha dessus.

– Bien. Elle est où, ta puce ?

Emrys mit un moment à comprendre que je m'adressais à elle. Quand elle releva les yeux, j'y lus un timide espoir. Ce devaient être les étoiles qui s'y reflétaient en vain.

– Dans le haut de mon bras, vers l'omoplate. C'était une toute petite incision, mais ça m'a fait un mal de...

– Il suffit de dénicher un objet pointu pour la déloger de là, c'est ça ?

J'étais déjà tourné vers Lomen. Il acquiesça. Lentement.

– Bien. C'est trop risqué pour nous de nous rapprocher plus de la ville. Toi, tu peux y aller.

– Je ne vois pas très bien où...

– Il y a forcément des bars encore ouverts à cette heure-ci. Trouve une bouteille, un verre, n'importe quoi de tranchant, et reviens ici avec.

– Mais je n'ai même pas d'argent pour payer, Morane, ton idée est…

– Qui t'a dit que tu devais acheter quoi que ce soit ? Il y aura bien une table avec une boisson vide. Nous t'attendrons ici.

Couper la parole des autres s'avérait très agréable. En plus de faire gagner un temps précieux. Je rejoignis un banc que j'avais repéré. Il était oublié entre deux immeubles, un peu en retrait de la rue. Des touffes d'herbes s'entortillaient autour de ses pieds. Je n'avais pas l'intention de les imiter et de prendre racine, mais l'endroit était aussi propice qu'un autre pour patienter jusqu'au matin. Lomen garda la tête tournée vers moi, puis il haussa les épaules, se pencha pour murmurer quelque chose à l'oreille d'Emrys et s'éloigna enfin.

À quel moment exactement étaient-ils devenus amis ? Il aurait dû la détester, la rouer de coups, l'agonir d'injures. Il était à peine prêt à me servir une cuillerée de soupe lorsque je l'avais rencontré, et maintenant il défendait cette traîtresse ! J'en étais à la douzième torture possible pour me venger quand elle décida brusquement qu'elle en avait assez d'attendre debout sur un semblant de trottoir. Et qu'elle vint vers moi. Elle n'envisageait quand même pas…

– Ça te dérange si je m'assieds à côté de toi ?

– À ton avis ?

J'aurais pu garder le silence. Lui grogner dessus était presque plus jouissif.

– Mon avis, c'est que je suis crevée.

Et elle se laissa tomber à mes côtés. Tous mes muscles se crispèrent. J'étais aussi raide que le métal sous mes jambes. Aussi froide. Aussi glacée à l'intérieur. Et si elle décidait de profiter de ce moment pour m'assassiner ? Est-ce que j'arriverais à me défendre ? Je grattais la peinture qui s'effritait sous mes doigts en me demandant si je parviendrais à desceller une lame du banc pour l'assommer, quand ses mots tentèrent de percer ma carapace.

– Je ne sais pas combien de fois je devrai te dire que je suis désolée. Je n'ai pas eu le choix.

– On l'a toujours.

– Dans ton monde, peut-être. Pas dans le mien.

Je ne voulais pas la regarder. Pourquoi alors voyais-je ses épaules affaissées ?

– Tu ne me pardonneras sans doute jamais. Et ça me fait presque aussi mal qu'à toi. Peut-être plus encore, parce que j'aurais voulu pouvoir trouver un moyen pour… Est-ce que tu sais seulement ce que c'est, de se sentir prise au piège sans parvenir à trouver une seule issue ?

– J'en ai une petite idée, oui.

Mon ironie voulait la mordre. Emrys ne tressaillit même pas.

– Je sais que j'ai tout gâché. Je vais juste te dire une chose. Tu n'as certainement pas envie de l'écouter maintenant, mais un jour peut-être, qui sait…

Son profil me fit face. Je gardais obstinément le visage tourné vers la rue, devant moi. Je ne la voyais que du coin de l'œil et c'était plus que suffisant.

– J'ai été sincère, Morane. À chaque instant.

Emrys s'attarda sur le banc. Juste le temps que sa voix retombe entre nous. Puis elle se leva et alla s'accroupir dos au mur, enserrant ses jambes, le regard au sol. Mon cœur palpitait, l'abruti. Il retournait ses mots et nos moments partagés comme s'ils étaient encore capables de briller à ses yeux. Ce n'est pas vrai qu'on ne voit bien qu'avec le cœur. Ce n'est qu'une bêtise que répètent les imbéciles qui ont oublié que l'amour rend aveugle.

Pendant que la nuit blanchissait, je cherchais quelles phrases seraient assez assassines pour tuer toute émotion entre Emrys et moi. Je n'en trouvai pas. Certainement à cause de la fatigue.

CHAPITRE 32 :

ON N'EST JAMAIS MIEUX QUE CHEZ SOI

–

« Note de service : Notre mission doit rester secrète. Personne ne doit savoir que nous réservons un traitement spécial à certaines personnes. Nous ferons amender les règles petit à petit une fois que notre mainmise sur le pouvoir sera établie de manière pérenne. »

–

Le soleil se leva enfin. Mes jambes étaient engourdies, mes yeux traversés d'aiguilles. Existait-il encore un monde où l'on pouvait se reposer tranquillement ? Les épaules basses, Lomen arrivait, aussi fatigué que moi. J'aperçus au bout de son bras ce qu'il était parti chercher. Un verre. Vide.

J'attendis qu'il me le tende. Mais je ne le pris pas.

– Je ne peux pas.

Il n'y avait pas d'autre option. C'était à lui de le faire. S'il voulait garder Emrys avec nous, il devait l'empêcher de nous trahir. Et je ne me faisais pas assez confiance pour ne pas trancher plus de peau que nécessaire, pour la faire taire à jamais. Lomen se rapprocha d'elle. S'accroupit. La main qu'il posa sur sa nuque était presque tendre. J'eus envie de frapper. Quelqu'un, quelque chose, peu importait. Ils semblaient si proches, soudain, quasi intimes. Ils n'auraient pas dû. Ce n'était pas ainsi que cela devait se passer.

Une ligne borda de rouge l'ourlet du T-shirt d'Emrys. Non, de mon T-shirt. Ou plutôt celui de Lubin. Celui que je lui avais prêté quand elle n'était encore qu'un chaton abandonné. Je dus me répéter que si je le lui enlevais, le lui arrachais, elle serait toute nue et que je ne voulais pas de ça. Peut-être que Lomen avait raison, peut-être qu'elle pouvait nous aider à sauver Lubin. Et cela n'arriverait pas si je la tuais tout de suite.

Après l'opération, il me tendit un bout de tissu sanglant. Je savais qu'il l'avait déchiré du bas de sa chemise.

– Que veux-tu que je fasse de ça ?

– Nous ne pouvons pas juste laisser la puce ici, en pleine rue. Ils comprendront rapidement que nous les avons semés et…

– Je sais. Et si on disait que nous nous sommes réfugiés dans un de ces bâtiments abandonnés ? Ça semblerait logique, non ?

Lomen acquiesça, dubitatif. Je levai les yeux au ciel : ce n'était pas comme si nous avions des dizaines d'options. Puis je vis exactement ce qu'il nous fallait.

Lomen sourit enfin en écoutant mon plan. Et il se proposa tout de suite pour le mener à bien. J'aurais dû me douter qu'il adorerait ça. Il farfouilla un moment dans le sac à dos que les gens de la ZAD lui avaient laissé, avant d'en extraire ce dont il avait besoin, puis il se dirigea vers la bâtisse la plus proche. Je le suivis du regard et, comme je le pressentais…

– Qu'est-ce qu'il va faire ?

– Donner à manger aux oiseaux.

Emrys était debout à côté de moi. Nous continuions à fixer la zone où Lomen avait disparu. J'entendais les questions qu'elle n'osait pas prononcer, alors je lui expliquai.

– Les oiseaux sont les seuls animaux encore libres en ville. Si l'un d'eux avale ta puce et se déplace partout avec elle, ceux qui nous surveillent croiront que tu fais de même.

– Ce n'est pas très appétissant comme menu.

– C'est pourquoi Lomen l'a insérée dans un morceau de pain.

– Et personne ne va se rendre compte que je plane un peu au-dessus du sol ?

– Parce que tu ne le faisais pas déjà avant ?

Je n'avais plus aucune raison de plaisanter avec elle. Cette tendance devenait ridicule.

– Les puces de localisation n'indiquent pas la hauteur. Du moins tant qu'on ne s'en rapproche pas trop. Ça devrait faire illusion un moment.

Dans l'immédiat, je n'en demandais pas plus. Quand Lomen nous rejoignit, je n'avais plus envie de traîner. L'aube s'étirait sur la capitale, nous pouvions y aller. Une fois à proximité du centre, je retrouvai rapidement mon chemin. La ville n'était pas très étendue. Il n'y avait que quelques rues à parcourir, mais la fatigue empesait mes jambes. Pour ne pas nous faire repérer, nous devions éviter les tramways solaires suspendus.

Quand nous atteignîmes enfin l'immeuble que je cherchais, Lomen et Emrys me suivirent à l'intérieur, sans poser de questions. Quelques escaliers plus haut, ma main s'écrasait sur le panneau à côté de l'entrée et nous entrâmes dans le salon.

Ça n'avait pas tellement changé. Lomen repoussa la porte derrière nous puis m'interpella :

– Où sommes-nous ?

– Chez nous. C'est ici que nous habitions, Lubin et moi.

– Mais tu es complètement idiote. C'est le premier endroit où ils vont venir te chercher. Ce n'était pas la peine que…

Son bras tendu, pointant vers Emrys, poursuivait sa phrase à sa place. Je soupirai.

– Ils n'ont aucun moyen de savoir que nous sommes là. Ils ne peuvent pas faire voler de drones en pleine journée. Il faudrait qu'ils aient installé des espions en face pour nous avoir vus entrer.

Emrys coulait des regards nerveux vers les fenêtres, guettant des jumelles dirigées vers nous.

– Nous devons nous reposer. J'ai besoin de dormir. Et je ne connais pas d'endroit plus sûr que celui-ci pour les quelques heures à venir. Après, on fera le point.

– Je fais le guet.

Je haussai les épaules.

– Si ça t'amuse. Mais on a un système d'alarme qui nous préviendra à l'approche du moindre intrus. La porte ne peut s'ouvrir qu'avec mon ADN ou celui de Lubin. Moi, je vais me coucher.

– Je ne comprends pas. Si ton appart est si sécurisé, pourquoi vous êtes partis dans cette cabane sur la plage ?

– C'était un peu plus qu'une cabane, Emrys.

J'étais trop fatiguée pour débattre.

– Je ne supportais pas d'être enfermée ici. Et les autres scientifiques étaient trop près pour que je puisse me promener dehors. Là-bas… Ce n'était pas tout à fait mieux, mais… Lubin voulait atteindre la fin de son contrat en regardant la mer.

Je partis vers ma chambre en fixant le sol, qui se troublait sous mes yeux. La houle de mes larmes menaçait une fois encore de m'emporter. Peut-être qu'en m'écroulant sur mon lit, j'arriverais à la devancer en m'endormant ?

Mes doigts griffaient la couverture. L'oreiller était trempé sous ma joue. J'avais pleuré pendant mon sommeil. Au moins, personne n'y avait assisté. Le silence de l'appartement pesait d'une manière tout sauf familière. Je n'avais même pas bénéficié de ces quelques secondes après le réveil, quand tout ce que l'on a vécu pouvait encore n'être qu'un songe. Je tendais l'oreille. En quête d'un son. D'une voix. D'un bruit qui me dirait que je n'étais pas toute seule, abandonnée. Et je faisais désespérément taire la litanie en moi qui me répétait que ces gens de l'autre côté de la porte n'étaient pas vraiment avec moi.

J'aurais tellement voulu m'attarder, m'enfoncer dans mon lit jusqu'à y disparaître. Je devais aider Lubin, mais comment m'y prendre ? Chaque geste que je fis pour me lever me coûtait. Lubin rouspéterait encore parce que je m'étais endormie avec mes souliers. Du moins s'il revenait ici un jour.

Chaque pas vers la porte arrachait quelques bribes du tapis en bambou tressé. Et toujours le silence.

Dans le salon, Lomen était assis sur le canapé. Il fixait la fenêtre, ses sourcils froncés trahissant sa crispation. Mon regard sauta d'un fauteuil à l'autre. Puis recommença.

– Elle est dans l'autre chambre. Elle aussi avait besoin de dormir.

Dans l'autre chambre ? Non, ils n'avaient quand même pas osé ! Je me ruai vers la porte en tremblant. Lomen se rapprocha de moi, posant ses mains sur le haut de mes bras.

– Ce n'est qu'un lit, Morane. Elle était à bout de forces.

Lomen me tira sur le canapé. Le tissu était velouteux sous ma main, un peu plus rêche là où j'avais renversé un jus de pomme des années plus tôt. Je grattai la zone, par habitude. Et ce contact finit par me rasséréner.

– ... j'ai bien observé dehors. J'ai l'impression que personne ne nous a encore repérés. Mais cela ne saurait durer, tu en es consciente. C'était d'une imbécillité sans nom de venir jusqu'ici, il faut que je te le dise. Je n'ai pas insisté, tout à l'heure, parce que j'ai bien vu que tu étais épuisée, mais maintenant que tu...

Il avait dû répéter son discours pendant que je dormais. Pas besoin d'écouter jusqu'au bout. Je me dirigeai vers la salle de bains, l'eau froide me réveillerait. Je scrutai l'horloge au passage. Quatorze heures. Que restait-il de l'espérance de vie de Lubin à cette heure-ci ?

Je me mordis les lèvres pour relocaliser ma douleur. Puis je plongeai ma tête sous le robinet. Le filet d'eau était glacé. Je n'étais pas pressée de me redresser. Mais les réflexes ont la vie dure : on ne laisse pas l'eau couler pour rien. Je tendis la main pour l'arrêter, tandis que je me relevais. Les mèches dégoulinaient dans mon cou, des gouttes se faufilaient sous mon T-shirt. Un frisson me parcourut. Puis je sursautai en voyant une autre tête que la mienne dans le miroir. Lomen m'avait suivie jusqu'ici. Personne ne lui avait donc appris à respecter l'intimité des gens ? J'ouvris la bouche pour lui ordonner de me laisser, mais il me devança, pointant notre reflet avec insistance.

– Je connais cet homme. Je l'ai déjà rencontré.

CHAPITRE 33 :
QUAND L'APPÉTIT VA, TOUT VA

–

« Note de service : Le passé de notre cible est très trouble. Il connaît plus de secrets qu'il ne le devrait pour un simple employé scientifique. Les archives informatiques ne permettent pas de retrouver sa date d'embauche. Il est crucial d'étudier ces faits de plus près. »

–

J'allais demander à Lomen s'il ne s'était jamais regardé dans un miroir, quand il approcha sa main de la photo collée dans un angle. Un pincement qui devenait familier s'accrocha à ma poitrine alors que je l'examinai à mon tour. Lubin. Avec sa guitare. Son sourire d'avant ma naissance. Toujours le même, dix-sept ans plus tard. Lomen l'avait peut-être rencontré à l'époque où il fréquentait ma mère. Sauf que ce n'était pas lui qu'il tapotait de l'index, mais un inconnu.

Lubin n'était pas seul sur ce cliché. Il y avait trois jeunes hommes sur l'image. Chacun avec une guitare dans les mains. Jackson était sur la droite, à moitié hors du cadre, cachant à grand-peine sa gêne en tentant visiblement de s'esquiver. Je reconnaissais ses mèches noires ébouriffées, son regard de chien fou qui cherche la sortie, et sa cicatrice au coin de l'œil droit. Le troisième homme m'était inconnu. Je ne l'avais jamais croisé.

– Il était dans les parages, quand je faisais mes études en ville. C'était un ami de Maddie. Il ne m'appréciait pas trop et je l'évitais autant que possible. Il connaissait ton père aussi, apparemment.

– Ouais, sans doute.

Le bruit dans le salon attirait plus mon attention que les souvenirs de jeunesse de Lomen. Emrys était réveillée. Lomen me retint par le bras.

– C'est de lui que tu nous parlais ?

– Non, Lubin a punaisé dans l'appartement des dizaines de photos de trios de musiciens. Pourquoi il t'intéresse, d'un coup ?

Je sortis avant qu'il ne me rattrape à nouveau. Il m'avait serré le bras plus fort que nécessaire, et je le frottai machinalement en me rapprochant d'Emrys. Elle patientait, debout, dans l'embrasure de la chambre de Lubin. J'ignorai son regard inquiet pour la pousser sans ménagement. Rien ne semblait avoir bougé dans la pièce, mais une espionne comme elle devait avoir l'habitude de camoufler ses traces.

– Tu as touché à quelque chose ?

Je lui grognais dessus. Elle pâlit et vacilla sous mes yeux, tentant de s'accrocher au chambranle. Je la rattrapai par réflexe avant qu'elle s'effondre. Elle était si légère dans mes bras. Quand elle se stabilisa, je la lâchai et m'essuyai ostensiblement les paumes sur mes cuisses. Deux taches rouges lui montèrent aux joues.

– Excuse-moi. Je crois que… il y a longtemps que je n'ai pas avalé quoi que ce soit.

– Super. Maintenant, en plus, il faut te donner à manger.

Je me dirigeai vers la cuisine. Je n'étais pas fâchée d'avoir une raison de m'occuper les mains. Sa proximité continuait à me troubler. Un jour, cela cesserait. Même si l'imaginer creusait un trou dans mon ventre.

J'ouvris le frigo. Il était vide. Évidemment. Pas les placards, qui contenaient quelques céréales à réchauffer et des aliments déshydratés. Nous nous en contenterions.

Derrière moi, Lomen expliquait à Emrys à quel point il était important de retrouver l'inconnu sur la photo. Ce dernier pourrait peut-être nous dire pourquoi ces scientifiques cinglés ne nous laissaient pas tranquilles. Ou nous fournir une monnaie d'échange pour libérer Lubin.

– Tu ne veux pas non plus lui donner la photo et toutes les infos sur sa jeunesse, histoire qu'elle aille les transmettre à ces types, là, dans le labo ?

J'avais parlé en leur tournant le dos. Emrys avait piqué du nez, honteuse, et Lomen me réprimandait du regard.

– Si tu t'expliquais avec elle plutôt que de l'attaquer à tout bout de champ ?

– Et depuis quand monsieur « Je me méfie de tout le monde » est prêt à accorder du crédit à une menteuse, à une traîtresse ?

Je le menaçais d'une cuillère en bois. Ce ne devait pas être suffisant, parce qu'il me toisa avant de sortir.

– Depuis que je lui ai demandé pourquoi elle avait agi ainsi.

Et il quitta l'appartement. Je n'en revenais pas. Il n'avait aucune raison de rester avec moi, pris au piège de ma vie de pourchassée. Mais je ne m'attendais pas pour autant à ce qu'il me quitte sans un au revoir, me laissant avec une personne qui tenait ma vie entre ses mains.

CHAPITRE 34 :
UNE ENFANCE DORÉE

–

« Note de service : Il sera nécessaire, quand le contrat aura été remis à jour, d'éliminer définitivement toutes les personnes inutiles. Le but est d'arriver à la société la plus efficace possible. »

–

Nous étions seules toutes les deux. Emrys s'était repliée sur elle-même dans le canapé, la tête entre les mains.

– Il faut toujours qu'il donne des leçons, celui-là.

Elle avait tressailli, mais elle cachait toujours son visage. Je récupérai la cuillère tout en scrutant celle qui m'était devenue inconnue. Je resserrai les doigts : l'impulsion d'aller consoler Emrys restait tenace. Heureusement que le comptoir s'intercalait entre nous.

– Qu'est-ce que tu as pu lui raconter pour qu'il décide de t'accorder sa confiance ?

La hargne déformait ma voix.

– Tu as vraiment envie de m'écouter ?

Il y avait tant de fragilité dans le regard qu'elle avait relevé vers moi. J'en grinçai des dents, avant de lui répondre d'un signe de tête. Emrys soupira.

– OK. Je t'ai déjà dit que je n'avais jamais voulu que ça se passe comme ça. Ces hommes… Ma mère… Je ne sais même pas par où commencer.

Elle frotta son visage de ses mains, étirant sa peau rougie.

– Je n'ai pas tout à fait grandi dans le même univers que toi. La ville, les études… Je n'ai rien connu de tout ça. Mes parents ont eu deux enfants, ils ont respecté toutes les règles requises. Puis la maladie de mon frère s'est déclarée. J'étais encore toute petite, j'avais deux ans de plus que lui, il commençait à peine à marcher… On a été obligés de fuir.

Je sursautai.

– Ça n'a aucun sens. Les médecins soignent les enfants qui tombent malades, jusqu'à l'âge de signature du contrat. Pourquoi vous cacher ?

– Parce qu'il ne pouvait pas guérir. C'était une maladie génétique. Il n'y avait pas de solution pour lui. Alors il devait être éliminé puisqu'il ne rapporterait jamais rien à la société, qu'il ne ferait que lui coûter. Mes parents n'ont pas pu l'accepter.

Il y avait des rumeurs sur des enfants qui disparaissaient soudainement. Lubin m'avait confié que le traitement anti-âge avait des conséquences sur la fertilité. Voire sur les nourrissons. Que l'on ne pouvait pas jouer impunément à bloquer et débloquer les hormones liées au vieillissement sans finir par en payer le prix. Jusque-là, ce n'était qu'un concept abstrait.

– On a vécu cachés. Pendant des années. Passant d'une planque à l'autre. Ma mère nous a appris tout ce qu'elle pouvait. À lire, à écrire, à avancer au jour le jour. Elle a vieilli très vite, dès que nous sommes entrés dans la clandestinité.

– Si on est un danger pour la communauté, on n'a plus droit au remède hormonal… murmurai-je.

– Oui, c'est ainsi qu'ils ont dû être considérés. Mon père devait rester dans le monde extérieur, pour continuer à gagner sa vie. Il nous apportait à manger, des vêtements, ce qu'il pouvait. Ils détestaient être obligés de vivre séparés, mais c'était une garantie, pour eux. Une manière d'avoir toujours d'autres options. Puis il a eu un accident.

Mon hoquet de surprise nous remua toutes les deux.

– Mouais. On peut lutter contre les maladies, mais on n'a encore rien inventé contre les morts subites. Nous étions seuls… La situation s'est détériorée. Ma mère… je ne sais pas comment elle tenait. Elle s'amaigrissait sous mes yeux, s'affaiblissait… Elle se nourrissait à peine, pour que nous puissions grandir. Nous vivions en ramassant des restes. Je ne savais même pas qu'il existait des communautés comme la ZAD. Peut-être qu'on aurait pu les rejoindre… Elle est morte il y a un an, elle était trop usée. C'est devenu de plus en plus difficile, l'état de Joah s'aggravait. Un jour, j'ai craqué.

Emrys plongea son regard dans le mien. Elle esquissa un sourire tremblant. Le pire était à venir.

– Je suis allée jusqu'à un laboratoire. J'étais prête à faire tout ce qu'ils voudraient pour qu'ils sauvent Joah. Ma mère m'avait demandé de veiller sur lui et je… je serais morte à sa place si cela avait pu être utile. Je n'avais plus d'autre option, tu saisis, c'était mon frère !

Sa voix se brisa. Je comprenais.

– Je ne te connaissais pas. Tu n'étais qu'une nantie, une fille des beaux quartiers qui avait eu toutes les chances dans sa vie. Ils me demandaient juste de te surveiller, d'essayer d'entrer dans votre intimité. Si je parvenais à me faufiler dans le bureau de ton père et à trouver ses notes, c'était parfait. Je ne voulais rien faire de mal, tu sais.

Je hochai la tête, incapable de proférer le moindre mot.

– Ils avaient des micros pointés sur votre maison. Quand ils ont compris que Lubin me mettrait dehors au matin, ils ont monté toute cette mascarade pour que je reste avec vous. Je n'étais qu'un pion pour eux. Je m'en fichais. Et puis… Oh, et puis merde !

Elle se replia à nouveau. Comme pour occuper le moins de place possible sur le canapé. Le froid me serrait, m'empêchait d'aller vers elle. Je dus creuser au fond de moi pour aller chercher les mots, les extirper un à un.

– Pourquoi tu ne m'as rien dit ?

Elle renifla.

– J'avais peur que tu me rejettes. J'ai tout gâché.

Sa voix était tellement jeune, ses yeux débordaient. « Tu fais toujours trop confiance aux gens. » Combien de fois Lubin me l'avait-il dit ? Emrys courut s'enfermer dans la salle de bains avant même que je puisse avoir le temps de décider qui de nous deux avait raison.

Son enfance avait été pavée de galères. Mais si elle nous avait tout avoué, on aurait pu s'enfuir. Ou j'aurais pu libérer Lubin plus tôt, avant qu'il ne soit torturé. On en revenait toujours là.

CHAPITRE 35 :
SOLEIL COUCHANT

–

« Note de service : Nous pourrons utiliser les informations conservées à propos de chaque habitant afin de déterminer le niveau d'utilité de chacun. Le contrôle de la puce, et donc du traitement, à distance, nous sera plus que jamais utile. »

–

Le soleil descendit. Nous ne pouvions pas nous attarder sur place. Je ne pouvais pas partir. Pas sans Lomen, peut-être perdu en ville. Pas sans Emrys, qui n'avait pas quitté la salle de bains. J'étais retournée sur le canapé. Un thé avait refroidi entre mes mains sans que je le boive. Quand la tasse était devenue trop encombrante, je l'avais remplacée par un livre. Sa première page n'en finissait pas.

Des coups sur la porte percèrent le silence. Je ne réagis pas. Qu'ils m'arrêtent. Je retrouverais Lubin et il ne mourrait pas seul. Rien d'autre n'importait. Des heures plus tôt, Lomen avait tenté de me remotiver, mais il ne pourrait pas y parvenir. Et maintenant moins que jamais. Parce qu'il n'était pas là. Il n'était pas dans la pièce avec moi. Il était parti, car il ne voulait plus de nous. Peut-être qu'affronter sa mère n'était pas la plus terrible des punitions, finalement. Ou alors il s'était réellement perdu en ville. À moins qu'il ne fût derrière la porte. En train d'y tambouriner en m'appelant pour que je le fasse entrer.

Je me levai d'un bond, tordis ma cheville sur le tapis tellement mes jambes étaient engourdies et allai lui ouvrir en clopinant.

– Je crois que je l'ai trouvé !

Il exhibait un bout de papier gribouillé. Peut-être les plans du labo ?

– L'homme sur la photo. Je me suis souvenu de son nom. Attends, je vais te montrer…

Je retournai m'affaler sur le fauteuil pendant qu'il forçait la porte de la salle de bains pour en sortir Emrys et la photo jaunie. Leurs traits étaient chiffonnés. Emrys s'assit à l'extrémité du canapé tandis que Lomen nous exposait ses recherches. Il ne tenait pas en place.

– Jayden. Jayden Revmir. J'ai renoué avec certains de mes contacts et j'ai pu fouiller dans les archives de l'école où nous allions avec Maddie.

– Quels contacts ?

Lomen repoussa mon interrogation d'un haussement d'épaules.

– Ce n'est pas le sujet. L'administration aime tellement tout contrôler, garder des traces de tout, qu'ils tiennent à jour des annuaires où est inscrit ce que sont devenus les anciens étudiants. D'ailleurs, j'ai été impressionné par le nombre de jeunes de notre génération qui ont disparu. C'est surprenant pour des gens qui devraient rester jeunes en permanence. Enfin bref. Jayden joue toujours de la musique, il ne s'est jamais adapté non plus aux règles. J'ai dû creuser un peu plus pour retrouver sa trace. Et…

Il poursuivit avec de grands mouvements de bras qui ne lui ressemblaient pas.

– … ce soir, il donne un concert dans un café de la ville. On va pouvoir le rencontrer et discuter avec lui.

Lomen fronça les sourcils devant notre évident manque d'enthousiasme.

– Je te rappelle qu'il y a un couvre-feu. Les vrais jeunes n'ont pas le droit de mettre le nez dehors, la nuit.

Lomen se mordit les lèvres, concentré.

– Peut-être qu'il vient plus tôt pour répéter. C'est la fin de l'après-midi, là, on a encore un peu de temps devant nous.

– Tu sais quoi, tu n'as qu'à aller le voir tout seul et lui tirer les vers du nez. Je ne suis pas très chaude à l'idée de tomber sur une patrouille de la moralité, en ce moment.

– Il est certain que c'est beaucoup plus prudent de rester ici quelques jours de plus. Le temps pour ces scientifiques cinglés d'arriver jusqu'à nous.

Il avait raison.

– Ils doivent penser que nous ne sommes pas assez stupides pour venir nous enfermer ici. Et puis ils comptent peut-être toujours sur ma puce.

– Qu'est-ce que vous risquez exactement si une patrouille vous contrôle ?

– Voyons… Dans l'ordre… Ils nous arrêtent, nous emmènent au centre de détention pour mineurs où ils nous font la leçon pendant des heures. Ils nous menacent de nous priver de contrat Dorian Gray le moment venu. Puis ils préviennent nos parents. Et quand ils n'arriveront pas à contacter Lubin, ils nous garderont au centre. Où on devra travailler pour mériter d'être nourries. Avant d'être relâchées dans la nature à notre majorité. Sans jamais pouvoir signer de contrat, évidemment. Les autorités n'aiment pas les orphelins, ils coûtent trop cher à la communauté.

Emrys frissonnait à quelques centimètres de moi. Je sentais ses tremblements sans avoir besoin de la regarder. Mon ton neutre n'avait pas leurré Lomen, qui mordillait ses lèvres.

– Et si je prétends que je suis votre père ?

– Dans ce cas-là, tu auras une amende et, dans le pire des cas, ton contrat serait annulé... Enfin, évidemment, pour toi, ce n'est pas si grave.

– Ouaip. Dans ce cas, on y va.

Son plan tenait la route. Nous devions trouver des alliés pour libérer Lubin. Peut-être qu'un vieil ami ferait l'affaire... J'aurais dû être heureuse que Lomen approuve mon idée initiale. Je n'y parvenais plus.

Je réchauffai quelques céréales dans la casserole, grattant le fond pour qu'elles n'accrochent pas. En vain. Cette casserole ruinée m'agaçait et Lomen dut forcer pour me l'arracher des mains et que nous sortions. Je passai la porte la dernière. Lomen était déjà dans l'escalier, Emrys devant moi sur le palier. Et je ne parvenais pas à franchir le seuil. J'avais déjà fait mes adieux à cet appartement dans le passé. Ç'aurait dû être plus facile la deuxième fois. Ce n'était pas le cas.

– Tu reviendras.

Je sortis en toisant Emrys. Ses consolations m'importaient peu. J'avais juste commencé à lui pardonner. Pas assez pour le lui montrer. Quelque part, dans un sous-sol égaré, y avait-il aussi un endroit qu'elle considérait comme sa maison et qu'elle avait dû quitter ?

La porte claqua sur mon passé.

CHAPITRE 36 :
TOUT POUR LA MUSIQUE

–

« Note de service : Parmi les personnes à éliminer en priorité, il faudra inclure les artistes. Ils ne sont d'aucune utilité à la société. Le conseil n'a pas été assez ferme avec eux et n'a pas osé trancher. Ce sera notre rôle une fois que nous serons définitivement au pouvoir. »

–

Le café était presque vide. Le sol de bois fendu supportait des tables et des chaises dépareillées. Quelques derniers rayons de soleil tentaient de s'incruster au travers des vitres encrassées, la pièce sentait le renfermé. Plusieurs hommes soutenaient le bar, leurs mains accrochées à leurs verres. L'un d'entre eux frottait sa nuque, démangé sans doute par l'âge qui le rattrapait. Son tic était fréquent parmi les fins de contrat. Mais son ami, en face de lui, pétillait du regard. Lui aussi allait bientôt mourir, et pourtant il riait.

Emrys se tenait collée à moi, ses pupilles s'écarquillaient en examinant la pièce. J'aurais dû la repousser. Mais sa proximité me rassurait. Nous piétinions dans l'entrée pendant que Lomen interrogeait le serveur.

– Il ne devrait pas tarder.

– Super. Et on fait quoi, maintenant ?

– Je propose un truc complètement dingue : on va s'asseoir et boire un verre.

– Et on le paie comment ?

– T'inquiète, j'ai encore accès à quelques crédits. J'en ai juste empoché une partie.

Je me retins de hausser les sourcils et la voix.

– Et il ne t'est pas venu à l'idée que c'était un peu imprudent ?

– J'ai pris l'argent dans une banque mobile. Il est beaucoup plus facile que certains le croient de duper les ordinateurs.

Il s'assit contre le mur avant de lever la main pour passer sa commande. Il avait raison. Mais à quel moment était-il devenu aussi flegmatique ? Chaque fois que la porte s'ouvrait, Lomen scrutait le courant d'air et la personne qui entrait. Ce n'était jamais Jayden.

Puis un groupe bouscula le calme autour de nous. Des musiciens. Ils parlaient fort et attiraient l'attention. Seul l'un d'entre eux gardait la tête basse. Il se tenait les épaules courbées, le visage penché vers le sol, caché par de longs cheveux noirs parsemés de quelques fils blancs. Il se posa sur la scène, perché sur un tabouret, prostré sur son étui dont il sortit un instrument. Une guitare. Il balaya enfin la salle du regard et ma respiration se figea. C'était lui. L'homme de la photo. Jayden. Contrairement à Lubin et Jackson, il avait vieilli. Quelques rides traçaient un chemin soucieux autour de ses yeux. Les marques du temps étaient discrètes. Dans quelques heures, quand il ferait noir, elles ne se verraient plus. C'était sans doute ce qui lui permettait de venir jouer en public. L'âge des autres artistes ne se trahissait pas de manière aussi évidente.

Jayden accorda sa guitare et je frissonnai. Elle ressemblait tellement à celle de Lubin. Je me levai. Je devais poser les mains dessus, la tester. Emrys me rattrapa *in extremis* par le poignet.

– Tu fais quoi, là ?

Je secouai la tête.

– Ben quoi, on est venus ici pour ça, non ?

– Il y a trop de monde, ce ne serait pas discret. Il faut attendre.

Les doigts d'Emrys étaient chauds contre ma peau. Presque brûlants. Elle ne serrait pas ; j'aurais pu me dégager d'un mouvement d'épaule.

– Elle a raison, Morane. On lui laisse faire son set et… C'est pas possible !

Lomen, figé, fixait le lot de groupies qui marquaient déjà leur territoire devant le semblant de scène. L'une d'elles détonnait parmi ces pseudo-midinettes d'un autre âge. Des fils grisés se devinaient dans son épaisse chevelure châtain, les mains qu'elle serrait frileusement sur ses épaules étaient striées de cicatrices. Ses doigts battaient la mesure sur son gilet tricoté. Mais l'un d'entre eux manquait. Un vide remplaçait son annulaire.

Lomen avança vers l'inconnue. Quelque chose dans sa posture, dans son attitude, réveillait des chauves-souris affolées dans mon cerveau. Elle pivota quand Lomen tapota son épaule. Son sourire distrait creusait de nouvelles rides sur son visage. Mes jambes flageolaient. Le sang qui battait dans mes oreilles m'assourdissait. Des ombres noires menaçaient de m'engloutir. En leur centre, Lomen gesticulait face à une inconnue qui secouait la tête en dénégation. Sa nervosité alerta Jayden, qui sauta de sa place pour la rejoindre. Il l'enlaça pour la rassurer, ferme devant Lomen. D'autres hommes les entourèrent, empoignèrent Lomen qui se débattait, pointait du doigt vers moi. Jayden entraînait la femme à l'écart, ils allaient disparaître, nous ne saurions rien. Un courant d'air sépara la foule, qui reflua, juste assez pour que l'inconnue regarde enfin dans ma direction. Ses yeux, grands, gris, se posèrent sur moi, s'envolèrent autour puis atterrirent enfin. Tout le reste était noir, je n'avais plus de corps. C'était bien elle. Cette inconnue. Ma mère. Je perdis connaissance.

CHAPITRE 37 :
LA JOIE DES ARRIÈRE-SALLES

–

« Note de service : Notre cible n'a sans doute pas travaillé seule. Il faudra retrouver toutes les personnes qui peuvent être au courant de ses recherches. Leur arracher leurs informations. Puis les éliminer. »

–

J'ouvris les yeux dans un cagibi. Sans doute un bureau : il y avait une table chargée de papiers devant moi, une chaise bancale. Sous ma joue, une veste me tenait lieu d'oreiller. J'étais au sol. Après la vue, le son revint.

– Tu n'aurais jamais dû l'emmener ici, ce n'est pas un endroit pour une adolescente.

– Parce qu'il y a des lieux préférables à d'autres pour retrouver sa mère morte ?

– Ton problème, Lomen, c'est que tu n'as jamais su quand il fallait t'arrêter !

Puis les sensations. Celle d'une main sur ma tête, qui caressait mes cheveux. L'odeur de bières éventées. La poussière qui me chatouillait le nez. Des notes lointaines qui s'acharnaient à nous poursuivre.

Je m'assis. Lomen s'arrêta de parler. Il posa une main sur l'épaule de son interlocutrice, me pointant de l'autre. Elle pivota. Maddie. Ma mère. Je n'avais plus de mots. Je n'avais jamais rêvé de ces retrouvailles. Il n'y avait qu'un grand trou blanc dans ma tête, là où se cachaient toutes les phrases. Elle ouvrait et fermait la bouche sans parvenir à plus articuler que moi.

– Alors, Maddie, tu ne dis pas bonjour à ta fille ?

– Tu as tellement grandi. Tu es devenue une magnifique jeune fille.

Je me mis debout. Elle était à peine plus grande que moi. Mon cœur voulait se précipiter vers elle pour me blottir dans ses bras. Mes jambes flageolaient, refusant d'avancer. Si Emrys ne m'avait pas soutenue, je serais retombée. Emrys... C'était elle qui me caressait les cheveux. Je n'avais pas la force de tourner la tête pour la regarder, la remercier. Si je quittais ma mère des yeux, elle risquait de disparaître à nouveau.

– Ma chérie, je suis tellement désolée... Je peux tout t'expliquer.

– Ne m'appelle pas ta chérie.

Ma voix était rouillée, grippée, coincée. Comme si elle n'avait pas servi depuis sept ans. Depuis le jour où l'on m'avait annoncé la disparition de ma mère.

– Lubin était au courant ?

– Non. C'était mieux ainsi. Je savais qu'il te protégerait et je devais partir.

– Ah oui. Super comme justification.

Une colère que j'ignorais s'éveillait en moi. Ma mère avait disparu. Pendant sept ans. J'avais pleuré sa mort. Elle n'avait jamais rien fait, ne m'avait envoyé aucun signe. Pas un mot, rien, pour me dire qu'elle était là, qu'elle pensait à moi.

– Moi aussi, je dois partir. Je dois aller sauver la seule personne pour laquelle je compte.

– De quoi tu veux parler, tu as un amoureux ?

Quelle niaiserie ! Elle me parlait comme si j'avais dix ans. Il était temps de lui faire comprendre que j'avais grandi. Je lançai la main derrière moi pour attraper Emrys qui avait reculé.

– Non, pas d'amoureux. Une amoureuse. Ça t'en bouche un coin, hein, maman !

Je tirai Emrys vers moi et l'embrassai. Elle me repoussa, d'abord, quand nos lèvres se heurtèrent. Puis elle s'abandonna, dans un soupir, alors que je me faisais plus pressante. Je faillis tout oublier dans la pression de sa bouche sur la mienne. Je voulais tout oublier. Même la musique fit une pause.

Je repris pourtant ma respiration, mon front contre le sien, nos souffles mélangés. Je lui demanderais pardon. Plus tard.

– C'est de Lubin que je parle. Il a été capturé par des cinglés qui veulent la formule de la vie éternelle. Ce qui est complètement idiot, et impossible. Et il faut que…

– Ce n'est pas si idiot que cela.

Jayden s'était joint à nous. Nous étions les uns contre les autres, beaucoup trop proches. Il m'aurait suffi d'avancer de deux pas, de tendre le bras, pour attraper ma mère. Je n'en avais pas envie. Surtout qu'elle ne faisait que regarder Jayden. Un échange silencieux plus tard, elle secoua la tête.

– Non, ça ne se peut pas. Ils n'ont pas pu le découvrir.

– S'ils le torturent suffisamment longtemps, il finira par leur raconter. Tu le sais. Et si ta fille nous a trouvés, ils ne tarderont pas à entendre parler de nous.

– De quoi vous parlez ?

– Je crois qu'on vous doit des explications. Mais pas ici. Il y a des oreilles dans les murs. Je termine la soirée et puis on file chez nous.

– Je m'en fiche de vos excuses, de vos raisons. Il faut libérer Lubin !

– Je suis bien d'accord. Si ces malades obtiennent ce qu'ils veulent, toute notre société sera en péril. Mais tu dois avoir tous les éléments en main d'abord. Tu sauras tout dans quelques heures. En attendant, vous restez ici, c'est plus sûr. Pas la peine de vous faire remarquer. Maddie ?

Elle hésita. Je lui tournai le dos quand elle quémanda mon autorisation du regard. La porte s'ouvrit, laissant passer le souffle chaud de la foule, son brouhaha. Elle se referma sur le silence. Nous n'étions plus que trois dans la pièce.

Lomen haussa les épaules en marmonnant.

– Elle n'a pas changé. Elle n'en fait qu'à sa tête. Sans se soucier de ce qu'elle casse autour d'elle.

– Ma mère n'était pas comme ça.

Je la défendais par automatisme. La mère que j'avais connue était douce, attentionnée, dévouée. Mais la femme que je rencontrais dans ce bar ne faisait qu'emprunter ses traits. Tous ceux qui m'entouraient portaient-ils des masques ? Emrys frôlait mon avant-bras à chacune de ses respirations. Je ne pouvais plus la fuir. Lomen le comprit avant moi.

– Je vais écouter le concert. Et surveiller qu'ils ne partent pas sans nous. Vous, vous restez là !

Sa sortie nous libéra plus d'espace. Mais je ne m'écartai pas. Par où commencer ?

– Pardon.

– Non, tu n'as pas à t'excuser. Tu voulais la choquer et… si je peux au moins t'être utile, c'est déjà ça.

– Arrête ça, tu veux. Je n'ai pas à me servir de toi. Tu dois cesser de laisser les autres t'utiliser comme ça.

Emrys haussa une épaule, tête baissée. J'insistai.

– C'est à cause de ce genre d'attitude que nous sommes dans cette situation.

– Si je n'avais pas accepté leur marché, je ne t'aurais jamais rencontrée.

Elle se rapprocha alors, m'acculant. Sa bouche contre mon oreille.

– Même si je dois te perdre au final, au moins je t'ai connue. Même si tu me détestes pour le reste de ta vie, au moins tu m'as appréciée. Même si cela n'a duré que quelques jours. Et ça, personne ne pourra jamais me l'enlever.

Sa peau était si douce contre ma joue, son souffle si chaud. Emrys recula. Je vacillai, parcourue d'envie. Puis elle disparut.

– Je vais aller profiter du concert.

Et elle quitta la pièce à son tour. Je ne pouvais pas y aller. Il fallait d'abord que je détruise quelque chose. Si j'avais été plus violente, j'aurais sans doute cogné un mur. La menace de la douleur m'arrêta et je me contentai de le gifler. Le plat de la main contre la cloison rugueuse, recouverte d'affiches qui crissaient sous mes doigts, je me retins quelques minutes. Puis tombai au sol. En larmes.

CHAPITRE 38 :
UN PEU PLUS VIEUX QUE TU NE LE PENSES

–

« Note de service : Nos expériences n'ont pas permis de trouver une solution pour améliorer la durée du traitement. Tous les tests, effectués sur des volontaires ou sur des personnes prises au hasard dans la population, ont échoué. Y compris ceux portant sur les jeunes enfants. »

–

Nous avions traversé la nuit pour rejoindre l'appartement de Jayden. Et, visiblement, de ma mère. Un châle en laine reposait sur le dos d'un fauteuil en osier, des pastels s'entassaient sur un carnet de croquis ouvert, une pile de livres menaçait de s'écrouler à côté d'une collection de guitares. Ils vivaient ensemble. Partout où je tournais les yeux, je trouvais les traces de la vie qu'elle avait construite ici. Loin de Lubin. Loin de moi.

Nous n'avions pas prononcé le moindre mot avant d'arriver. Puis Jayden avait mis de la musique. Un de ces vinyles à la mode chez les anciens, un air de jazz qui remuait l'atmosphère. Il nous servit des verres d'eau sans nous demander nos préférences. Et un liquide plus ambré pour les adultes. Lomen le remercia d'un signe de tête ; je n'avais plus cette politesse en moi. Ma mère restait à ma périphérie, tournant dans l'appartement sans jamais se rapprocher. Elle ne tenait pas en place, s'asseyait pour se relever aussitôt. Elle m'évitait, tout en coulant des regards fragiles vers moi. Je ne parvenais pas à les ignorer, malgré tous mes efforts. J'observais. Les meubles dépareillés, parfois usés, qui avaient dû être récupérés d'autres vies. Le vitrail coloré, en hauteur, que seules les lumières de la nuit éclairaient. Le carrelage qui se creusait à certains endroits. Les cadres, partout, semblaient tenir les murs. Aucun d'entre eux ne montrait un enfant.

– Voilà comment on va procéder. Vous nous racontez comment vous nous avez trouvés, et on vous dira ce qu'on sait.

Jayden était froid, distant. Technique. Il était peut-être le seul à ne pas être impliqué émotionnellement dans tout ça. Sauf que sa main de propriétaire s'était posée sur ma mère pour l'asseoir près de lui. Et que je ne voyais qu'elle.

Lomen déroula notre histoire, depuis sa rencontre avec nous. Il en disait trop à mon goût. Mais il eut l'intelligence de ne pas mentionner le rôle d'Emrys. Ma mère grimaça à l'évocation de l'enfermement de Lubin, mais Jayden pressa ses doigts contre sa cuisse. Elle ne prononça pas un mot. J'ignorais combien de temps je parviendrais à me taire aussi.

– OK, je comprends maintenant. Cet abruti s'est mis en danger tout seul, et tu es impliquée. Je suis désolé pour vous, mais, tout compte fait, nous ne pouvons pas vous aider. Il vaut mieux que vous partiez.

Jayden se dirigeait déjà vers la porte pour nous escorter. Ma mère, la bouche entrouverte, n'osait pas l'interrompre. J'explosai :

– Donc ça se finit comme ça ? Je sors à nouveau de ta vie et tu m'oublies. Ton mari, l'homme à qui tu as juré fidélité, est en train de se faire massacrer et tu ne vas pas lever le petit doigt pour l'aider ?

– Je n'aurais jamais épousé Lubin si j'avais su qui il était réellement. Je ne veux plus rien avoir à faire avec lui.

– J'en étais sûr, s'exclama Lomen. Il ne t'a jamais respectée en tant qu'artiste, c'est ça ? Il voulait juste d'une petite femme au foyer pour prendre soin de lui. Si tu étais restée avec moi, tout aurait été différent. On ne peut pas réécrire l'histoire, mais on peut en changer la fin, Maddie. Viens avec moi. Mes parents seront ravis de t'accueillir…

– Ça n'a pas l'air de te déranger, de me piquer ma femme sous mon nez, dis-moi ?

Jayden n'avait pas eu le temps d'atteindre la porte. C'était pour lui qu'elle avait quitté Lubin ? Ma mère secouait la tête en dénégation.

– Ce n'est pas si simple. Lubin, il…

– Dis-leur, Maddie. Ils ne comprendront jamais, sinon.

Elle quémandait une autorisation. Mes poings se serraient convulsivement.

– C'est lui qui l'a inventé.

Emrys porta la main à sa bouche. Je ne comprenais pas.

– Le traitement. C'est lui qui a créé la formule hormonale. C'est pour ça que les autres sont après lui.

Sa déclaration n'avait aucun sens. Lubin ne pouvait pas…

– C'est impossible. Ça lui ferait quel âge ?

Je ne pouvais compter. Nous vivions avec le traitement depuis plusieurs générations. Et le traitement était limité à cinquante ans, ce qui voulait dire soixante-dix années de vie. Personne n'était jamais allé au-delà.

– Il connaît le secret. Celui qu'ils attendent de lui. Et quand il le leur livrera…

– Il ne pourra pas le faire. Il s'en est assuré.

Jayden s'était perché sur le dossier du canapé, juste derrière ma mère. Son calme m'énervait.

– Même s'il a détruit toutes ses recherches, il est intelligent. Il pourra recréer la formule et…

Maddie se tourna vers lui. C'était elle, désormais, qui l'enjoignait de parler pour m'expliquer.

– C'est moi qui ai la formule. Enfin, en partie. Le fameux trio des scientifiques musicos…

– Tu connais le secret de la vie éternelle et tu as décidé de vieillir. Tu ne serais pas un peu maso, par hasard ?

Lomen fixait comme moi les deux mains liées de ma mère et de Jayden.

– Cette option n'a pas été facile à prendre. Mais c'était la plus sûre.

Elle lui caressait les doigts, avec tant de tendresse. Je n'avais aucun souvenir d'échanges de ce type entre elle et Lubin.

– Je ne comprends plus rien. Vous êtes aussi un scientifique ?

– Tu crois que ton père aurait pu être ami avec un non-scientifique ?

Ma mère était une artiste, elle n'avait jamais rien compris aux recherches de Lubin. Mais avaient-ils été amis un jour ?

Jayden soupira.

– On va commencer depuis le début, sinon tu ne vas rien capter. Quand j'étais jeune, je suivais un double cursus. Un à la fac d'art, et le second en sciences. C'est comme ça que j'ai rencontré Lubin et Jackson. Lubin traînait tout le temps dans les couloirs, là-bas, et je le prenais pour un étudiant comme tous les autres. La seule différence, c'est qu'il n'était jamais en train de bosser sur ses cours comme nous. Il assistait à des conférences, il pouvait passer des heures à discuter sur le sens de la vie.

– Il était tellement enthousiaste, à l'époque…

Ma mère avait adopté un ton rêveur qui me blessait encore plus que son indifférence.

– Bref, j'étais en coloc avec Jackson. Il venait d'un pays étranger et il s'était installé chez nous pour se former à nos techniques. Un jour, il m'a dit qu'il avait besoin d'argent et qu'il avait accepté de servir de cobaye pour une expérience scientifique. Je n'étais pas très rassuré, et j'ai préféré l'accompagner. On était dans la salle d'attente tous les deux, en train de regarder des affiches qui vantaient le contrat Dorian Gray, quand Lubin est sorti en trombe d'une salle du bâtiment. Il martelait le sol en hurlant qu'il n'accepterait jamais. Il a stoppé net quand il nous a reconnus, nous a affirmé que nous devions sortir de ce piège au plus tôt et nous a entraînés dehors pour boire un chocolat chaud. Quand il a appris les déboires de Jackson, il lui a proposé de bosser avec lui. Non sans nous faire promettre de ne jamais répondre à des sollicitations pour des expérimentations. C'est comme ça qu'on a appris à le connaître. Quand il a su que je jouais de la guitare, il m'a demandé si j'accepterais de lui apprendre. Il était aussi enthousiaste qu'un gamin qui découvre un vélo... Je ne crachais pas non plus sur quelques sous en plus : mes parents avaient claqué tout leur argent dans leur dernière décennie, ils ne m'avaient laissé que cet appart. Un jour, Jackson est revenu complètement chamboulé. Il tremblait, se triturait les cheveux, fouillait dans ses notes... Mais pas moyen de lui tirer quoi que ce soit. Puis Lubin est arrivé et, en constatant son état, il nous a emmenés chez lui et nous a tout expliqué. C'était lui, Lubin, qui avait initié le traitement hormonal sur lequel repose le contrat, des décennies plus tôt. Il avait même inventé le nom du contrat en se basant sur un vieux bouquin un peu obscur. Il avait été le premier à le tester, mais son produit n'était pas encore au point et il était obligé de se faire des piqûres régulièrement pour se maintenir en état. Il nous a fait jurer le secret. Il nous a assuré qu'il restait jeune uniquement pour pouvoir surveiller que personne ne fasse un mauvais usage de son invention. Et je l'ai cru, bon sang, je l'ai cru !

– Il était sincère, tu sais, il le pensait réellement.

Au moins, ma mère le défendait un peu. D'une toute petite voix, mais elle le faisait.

– Ouaip. Enfin, il a rencontré Maddie, l'a séduite et… Ça me démangeait de tout lui avouer, elle se faisait avoir, ce n'était pas juste. Elle sortait avec un monstre. Un monstre gentil, avec un beau sourire, mais quand même quelqu'un qui n'aurait pas dû exister.

Je serrai les dents pour ne pas lui hurler dessus. J'aurais bientôt besoin de casser quelque chose pour me défouler s'il continuait à parler de Lubin comme ça.

– Un jour, il nous a convoqués, Jackson et moi. Il nous a dit qu'il se méfiait du centre de traitement. D'après lui, ils cherchaient à manipuler la formule. Leur but était de prolonger la durée de vie. Mais de certaines personnes bien placées uniquement. C'était totalement contraire à l'éthique du contrat Dorian Gray.

– Tous en bonne santé pour des finances publiques en bonne santé.

Lomen et Emrys avaient récité le slogan en chœur. Ils tentèrent de sourire sans y parvenir.

– Lubin avait remarqué quelques effets indésirables causés par ces nouveaux protocoles. Et comme il était amoureux et songeait à se marier, il ne pourrait plus s'esquiver pour disparaître de la circulation et réapparaître sous un nouveau nom. Il craignait que les pontes du centre de traitement ne découvrent sa véritable identité.

– Même eux ne savaient pas ?

– Non, c'était trop risqué. Lubin nous a raconté avoir stocké suffisamment de son propre produit pour tenir un bon moment. Et il avait détruit toutes les traces de ses recherches. Par sécurité, au cas où une situation grave se présenterait, il nous a confié une partie de la formule à chacun : un tiers pour lui, un tiers pour moi, l'autre pour Jackson.

– Il n'avait pas peur que vous ne tentiez de tirer profit de sa création ?

Lomen était sceptique.

– Il savait déjà ce que je pensais du programme : je venais de le refuser. La manière dont mes parents s'étaient comportés avant de mourir avait suffi à me convaincre. Et puis, Jackson a travaillé dessus : la formule ne vaut rien si elle n'est pas complète.

– Et c'est pour ça qu'il ne faut surtout pas qu'ils te trouvent, mon chéri.

– Parce que cela ne te fait rien que ton ancien amoureux soit torturé pendant que tu te la coules douce avec le nouveau ! Ça, c'est beaucoup moins grave, c'est sûr. Tu me dégoûtes, « maman » !

Je marquai les guillemets, encadrant le mot *maman* avec un signe des deux mains.

Elle se pencha vers moi et je me rencognai. Hors de question qu'elle me touche.

– Lubin m'a sciemment menti. C'est une aberration, ma chérie, personne ne devrait vivre aussi longtemps. C'est pour ça que je l'ai quitté.

– Et aussi parce qu'il refusait de te procurer des médicaments, ne l'oublie pas.

– Ou il en était incapable, on n'en sait rien, Jayden.

– Il a été dévasté quand tu es partie. Comment as-tu pu lui faire ça ?

Nous faire ça. Je ne pouvais pas le dire. Mais les mots me brûlaient la gorge.

– J'avais peur. J'étais terrorisée, persuadée d'avoir épousé un monstre.

– Écoute, le seul moyen pour ta mère de guérir, à l'époque, c'était de rejoindre les réseaux parallèles où il y avait encore des gens qui savaient comment soigner les maladies. Elle n'a pas eu le choix. Bon sang, elle a même dû se couper un doigt pour qu'on fasse parvenir une analyse ADN prouvant que son corps avait bien été détruit. Elle en a assez bavé, non ?

– Ouais, bien sûr. Parce que, pour nous, c'était tout rose. J'ai grandi sans mère, persuadée qu'elle était morte parce que je lui avais transmis mes microbes. Si elle avait accepté de…

Une larme rageuse s'incrustait au coin de ma paupière. Si je plissais suffisamment les yeux, si je me concentrais sur ma colère, elle ne coulerait pas. Peut-être.

– Accepté quoi ? De signer le contrat ?

– Oui, exactement. Qui choisit d'avoir un enfant pour ensuite le laisser ? Volontairement ? Allez, ça suffit, je préfère m'en aller !

J'allais vers la porte. Il fallait que je sorte avant de me mettre à pleurer. Lomen me rattrapa alors que ma main était déjà sur la poignée. Il me serrait tandis que je me débattais. Cela devenait une habitude. Je ruais, et mis du temps à comprendre ce qu'il me murmurait dans l'oreille :

– On ne peut pas sortir maintenant. Ce serait idiot. Ils peuvent peut-être nous aider.

Je me laissai aller, frottant mon visage contre son bras pour sécher mes larmes. Il était hors de question que je regarde un instant de plus cette femme qui m'avait un jour enfantée. Mais si Lubin avait encore une infime chance…

– Ce qu'il faudrait, ce serait que vous détruisiez votre bout de formule.

– Non !

Trois cris simultanés répondirent à Emrys. Elle recula, heurtée.

– C'est notre garantie, s'ils remettent la main sur nous.

– C'est la porte de sortie pour Lubin.

– C'est un moyen de pression.

Nos objectifs étaient différents. Pas assez pour couvrir la quatrième voix qui perçait dans mon dos.

– Hé, mais je vous reconnais ! Que faites-vous ici ?

CHAPITRE 39 :

UN MUSICIEN QUI FAIT GLISSER SES MAINS SUR UN MORCEAU DE BOIS

–

« Note de service : L'existence d'une personne ayant réussi à survivre bien au-delà des cinquante années de rigueur ne peut pas être une simple légende. Si un tel spécimen existe, nous devons obtenir un maximum de lui. Tout en prenant garde à agir dans l'ombre tant que nous ne serons pas prêts à dévoiler notre vérité. »

–

Timéon se tenait dans l'entrée. Sur son épaule, un étui à guitare. Je bondis.

– Rends-moi ça ! Ce n'est pas à toi !

J'avais enfin récupéré la guitare de Lubin. Elle tremblait dans mes mains. Lomen s'interposa.

– Moi aussi, je te connais. Tu fais quoi ici ?

– Je me suis tiré de mon squat, l'ambiance y était en chute libre. Il y a eu trop de fins de contrat parmi les fondateurs et ça devenait franchement glauque. J'avais cette gratte, dans ma chambre, mais plus personne à séduire avec. Je suis revenu en ville pour la tester sur de nouvelles personnes. Et on m'a dit qu'il y avait ici un expert de la guitare. Mais je ne m'attendais pas à…

Timéon se percha sur la pointe des pieds, examinant autant Emrys que moi. Elle se rapprocha et tenta d'attraper ma main.

– Ce n'est pas vraiment le moment, là. C'est une réunion privée, alors tu retournes chez toi et tu me laisses tranquille.

Timéon fronça le nez quand Jayden se leva.

– Oh, mais vous êtes un… On ne m'avait pas dit ça. Je veux dire, j'ai rien contre les vieux, c'est votre choix, tout ça. Mais vous êtes sûr que vous avez encore assez de force dans vos doigts pour jouer d'un instrument ?

La mâchoire de Jayden se contracta alors qu'il avançait.

– Je peux te prouver que j'ai bien assez de force pour des tas de choses. Certainement plus que toi, qui restes avachi dans ta jeunesse. Et maintenant tu me fais le plaisir de dégager d'ici, et fissa.

– Eh oh, vous savez qui je suis ? Personne me parle comme ça !

– Ah oui, et t'es qui ? Un super vilain qui va tous nous détruire, un producteur hyper connu qui veut me persuader que je vais gagner des millions si je lui cède mon âme… Allez, vas-y, fais-moi rire !

Quel que soit son âge réel, Timéon n'était qu'un gamin boudeur en train de se faire gronder par un adulte. Il y avait trop longtemps que je n'avais pas vu ça. Je m'attendais à ce qu'il tape du pied en geignant. Certainement pas à sa réponse.

– Je suis Timéon. Timéon Nordone, le fils du président du conseil. Je peux faire en sorte que vous ne puissiez pas signer le contrat. Enfin…

Il examina ceux qui lui faisaient face.

– Au moins pour les deux, là.

Sa menace était pathétique. Le contrat m'avait toujours paru être une évidence. Aujourd'hui, je n'étais plus si sûre d'avoir envie de rester jeune dans un monde qui vieillissait si mal. Néanmoins, Lomen et Jayden échangèrent un dialogue muet avant que l'un n'attrape Timéon par les épaules pendant que l'autre refermait la porte dans son dos.

Emrys et moi reculâmes, la guitare comme bouclier devant nous. Timéon souriait, satisfait d'être entré. Son arrogance était dangereuse. Pour lui ou pour nous ? Lomen et Jayden le ceinturaient toujours et ma mère s'était esquivée dans une autre pièce.

– Alors, comme ça, tu es le fils Nordone. Ça te fait quel âge, en vrai ?

– C'est quoi cette question, ça ne vous regarde pas !

C'en était trop. Je déposai la guitare entre les bras d'Emrys avant de pointer du doigt le torse de Timéon.

– On n'est pas dans un jeu, ici. Il y a des gens qui sont en danger, qui vont peut-être mourir. Alors tu réponds à nos questions ou je te jure que je t'arrache moi-même ta foutue puce et que ton traitement hormonal va connaître une fin soudaine !

– Oh, vous, les filles, il faut toujours que vous fassiez un foin de n'importe quoi.

Sa main protégeait la cicatrice dans sa nuque. Je retins mon rictus satisfait. De justesse.

– Bon, ça va, j'ai vingt-huit ans. Mon père voulait que je me forme au conseil, mais ces histoires, ça m'intéresse pas. Je préfère m'amuser. C'est à ça que sert la jeunesse, non ?

– Avant, oui. Aujourd'hui les choses ont changé.

– Oh, vous, les vieux volontaires, vous n'êtes que des rabat-joie. Ce n'est pas naturel, on ne s'y reconnaît plus, et bla-bla-bla. Moi, je suis venu ici pour des cours de guitare, c'est tout. Si je peux avoir un petit bonus au passage, je ne dis pas non, mais…

– Je t'interdis de la toucher !

Emrys intervint avant qu'il n'eût terminé son mouvement. La main de Timéon s'approchait de mon menton. La nausée monta.

Et Emrys reprit :

– Toi et tes semblables, vous pensez que tout vous est dû. Tu n'es qu'un… néo-jeune répugnant, un rat qui terminera en brochette. Rien de plus. Laissons-le partir !

Lomen répondit à son ton suppliant par un mouvement de tête. Il devait avoir un plan. Ma mère était revenue, une corde à la main. Quelques minutes plus tard, Timéon était ligoté à une chaise. Un bâillon étouffait ses jérémiades. J'avais catégoriquement refusé de nous regrouper dans la seule chambre de l'appartement. Hors de question de voir le lit où Jayden et ma mère passaient leurs nuits ensemble. Nous avions pris place dans un coin éloigné du salon, près de la fenêtre.

Dehors, quelques étoiles tentaient de percer la nuit. J'aurais voulu m'allonger dans l'herbe et les compter. Seules quelques bribes de la discussion m'atteignaient. « Le faire chanter », « informer les médias », « proposer un échange d'otages ». Tout était inutile. Lubin était dans sa cellule et se vidait de son sang. Il allait mourir.

– Vous savez où sont les morceaux de la formule ?

Ils s'ébrouèrent. J'avais interrompu leurs chuchotements stériles. Jayden et ma mère échangèrent un long regard. Ils étaient bien trop complices, et ça me rendait dingue. Heureusement, Jayden se décida à parler avant que je n'attrape Emrys pour l'embrasser, histoire de leur montrer qu'on existait, nous aussi.

– Dans les guitares. Si tu soulèves la plaque au niveau de la rosace, tu trouveras la formule qui y est gravée. Il a fait réaliser ces pickguards sur mesure. La cachette idéale, non ?

J'avais déjà l'instrument dans les mains. Mes doigts caressaient son bois, les volutes dessinées sur la plaque. Elles étaient belles, presque féminines. Elles ne correspondaient pas à mon père. J'y avais toujours vu une part cachée de lui. Mais pas à ce point.

– Et…

Mes cordes vocales étaient trop tendues.

– Jackson aussi a une guitare ?

– Oui. Je crois qu'il était le plus déterminé d'entre nous à prendre soin de sa part de la recette magique. Je l'ai même soupçonné un moment de chercher à la réécrire, mais Lubin m'a toujours assuré que c'était impossible. Pas à partir d'un seul des trois fragments.

– Vous pensez qu'il pourrait travailler pour les autres ?

– C'est impossible, Lubin lui a toujours fait confiance !

Lomen se trompait. Forcément.

– Je n'ai entendu parler d'aucun autre prisonnier dans le laboratoire. Et les gens qui nous ont libérés ne venaient que pour ton père. Il y a de quoi se poser des questions.

– Ridicule. Et puis, d'abord, si Jackson était à l'origine de tout cela, il lui suffisait de voler la guitare. Il n'avait aucune raison de kidnapper Lubin. Et tu as bien vu la tasse cassée chez lui, ou sa guitare restée sur place ? Lui aussi est pris au piège, comme Lubin.

– Ce type m'a toujours semblé faux. C'est à cause de lui que j'ai dû sacrifier mon doigt. J'ai appris qu'il ne cessait de répéter à Lubin qu'en l'absence de corps, il ne pouvait pas savoir si j'étais bien morte. Ce que suggère votre ami n'est pas dénué de bon sens.

Je pouvais l'ignorer. J'en étais capable. Il me suffisait d'agir comme si elle n'était pas là. En sept ans, j'en avais pris l'habitude. Mais Emrys commençait déjà à glisser des regards paniqués vers la porte.

– Mais si vous avez raison, ils pourraient alors surgir ici à n'importe quel moment, pour récupérer un autre élément. Nous devons partir.

Ils acquiesçaient tous, leurs têtes lourdes et sages pointant vers le sol.

– Non. J'en ai assez de fuir. Ils auraient pu venir ici cent fois déjà, depuis que Jackson a disparu. On va aller voir le conseiller Nordone et lui proposer d'échanger son fils contre Lubin.

Je les mesurai du regard, les uns après les autres.

– Je ne vous demande pas votre avis. Tout ce que vous savez faire, c'est vous cacher. Ce doit être une réaction d'adultes, ou je ne sais pas. Lubin a essayé et il s'est planté. Jackson a essayé et il s'est planté. Vous avez essayé… et on est là. Cette stratégie a déjà foiré suffisamment de fois. Aujourd'hui, on a des cartes en main et on va les jouer. Je vais les jouer.

– Et comment tu comptes t'y prendre pour emmener toute seule ce grand gaillard ? Ah, tu n'avais pas pensé à cela, hein, mam'selle !

Je ne savais pas ce que ma mère trouvait à Jayden. Est-ce qu'elle le jugerait moins attirant une fois que je lui aurais balancé une guitare dans les parties génitales ? Seule la crainte d'abîmer l'instrument de Lubin m'arrêta. Et aussi la réaction de mes amis.

– Là où elle ira, j'irai. Elle ne sera pas toute seule.

– Et… je crois que Morane a raison. Pourtant, j'aime bien me planquer dans ma maison…

Le soutien d'Emrys et de Lomen réchauffa mon cœur. Un sourire tentait de retrousser mes lèvres. Je redressai la tête juste à temps pour voir la main de ma mère se poser sur celle de Jayden comme pour le calmer. Ou s'excuser. Ou…

– Nous allons vous aider. Tu n'affronteras pas ça toute seule. Maintenant que je t'ai retrouvée, je…

Je quittai la pièce. Elle ne m'avait jamais perdue. Elle avait toujours su où j'étais. Rangée, bien sagement, dans un appartement où elle était l'absente. Finalement, leur chambre me semblait un refuge acceptable. Surtout si ma présence les empêchait d'y entrer. Je m'arrêtai sur le seuil pour appeler Emrys. Un regard étonné plus tard, elle vint vers moi.

– Demain matin, première heure, on passe à l'action. Et ne vous avisez pas de me faire un coup fourré, sinon c'est la guitare que je livre à Nordone.

Jamais porte close n'avait été aussi apaisante. Il y avait cependant un problème : j'étais enfermée avec Emrys. Après mon attitude de la soirée, je ne pouvais plus l'ignorer. Et nous en étions toutes les deux conscientes.

CHAPITRE 40 :
JUSTE TOI ET LA NUIT

–

« Note de service : Nous avons identifié une cible potentielle. Notre première démarche sera d'essayer de l'amener à parler. Nous prendrons des mesures plus radicales ensuite. C'est également ainsi que nous mènerons notre politique une fois que nous aurons le pouvoir absolu. »

–

Seule la longueur d'un bras me séparait d'Emrys. Assez pour l'attraper et la tirer vers moi. Si je le décidais.

La guitare était entre nous. Je déposai l'instrument à côté du lit. Le regard de mon amie pesait sur moi. Il était plus facile de m'attarder à positionner l'instrument avec toutes les précautions nécessaires. Et même les inutiles.

Je finis pourtant par m'asseoir, croisant les jambes sur la couverture rabattue. Ma mère n'avait jamais été une maniaque du ménage. Refaire les lits chaque jour ne figurait pas en haut de sa liste de priorités. Moi non plus, apparemment. Je soupirai en suivant du doigt la couture défaite du patchwork.

– Tu veux en parler ?

De quoi ? Il y avait tellement de sujets à aborder.

– Je suis désolée. Pour tout à l'heure. De t'avoir utilisée. Ce n'était pas bien.

Emrys secoua la tête. Ses cheveux voletaient autour de ses yeux inquiets.

– Ce n'est pas grave. Je comprends pourquoi tu l'as fait. Enfin, je crois.

Elle grimaça et un rire bref, presque un jappement blessé, m'échappa. Ma tête plongea entre mes mains.

– Quel bourbier !

– Allons, ce n'est pas si dramatique. Au moins tu as une mère. Et même un père. C'est pas mal, ça, non ?

Son bras sur mon cou se voulait compatissant. Je ne le méritais pas mais n'avais pas la force de la repousser. Cette chaleur, cette amitié qui se diffusait par ce contact, était trop précieuse. Même si ce moment ne devait durer que quelques instants.

– Je me demande quand je vais croiser quelqu'un qui ne me mentira pas sur son identité. J'en ai un peu ras le bol que tout le monde porte des masques.

– Personne ne t'oblige à boire le bol.

– Quoi ? Tu te rends compte que ce que tu dis n'a aucun sens ?

Emrys était vraiment très près de moi. La dernière fois que nos visages avaient été aussi proches… Son sourire était tellement tentant.

– OK, des gens t'ont menti. Et c'est pas très cool. Mais maintenant tu connais la vérité. À toi de décider ce que tu veux faire de tout ça.

– Est-ce que les abandonner tous dans un puits sans fond fait partie des options possibles ?

Pourquoi ses yeux s'écarquillaient-ils ? Ma tentative d'humour ne valait rien. Une mèche ornait le coin de son œil, j'avais envie de la déloger de là. Ma main me picotait.

– Étant donné que je fais partie des victimes potentielles, j'oppose un droit de veto à ton choix.

– Tu es sûre de vouloir griller tes jokers si vite ?

– Avec toi, il y a déjà longtemps que je les ai laissés tomber.

Sa voix se teinta de rauque. Comment pouvait-elle à la fois s'abandonner à moi et m'avoir trahie ? Mes lèvres me démangeaient. Ma respiration peinait. Il n'y avait qu'un moyen de reprendre mon souffle : c'était elle qui le détenait.

Je me penchai. De quelques centimètres seulement. Ou millimètres ?

– Juste pour que je sois sûre : il y a d'autres sujets sur lesquels tu m'as menti ?

– Non, et je ne te mentirai plus jamais, Morane. La seule fois où je l'ai fait m'a assez torturée. Il faut croire que ce n'est pas dans ma nature.

Son haussement d'épaules n'atténua pas ma rancœur.

– Tu te débrouillais très bien, pourtant.

– La seule chose sur laquelle je t'ai trompée, c'était sur le lieu d'où je venais. Pas sur le reste. Jamais sur le reste. Dis-moi que tu me crois, je n'en peux plus de…

Ma bouche sur la sienne l'empêcha de continuer. Ce n'était plus pour la galerie. Ce n'en était pas moins violent ni possessif. Je voulais me perdre dans ce baiser et ne plus jamais en sortir. J'avais besoin de croire en elle. Je ne survivrais à aucune autre déception.

La nuit passa sur notre réconciliation. Nous nous endormîmes sur le lit, les mains liées. La journée suivante serait moins clémente avec nous : je ne voulais pas perdre un seul instant avec Emrys. Je ne voulais pas non plus en parler. Si elle sentit ma fébrilité, mon angoisse alors que je m'accrochais à elle, elle n'en dit rien.

Les rayons du soleil s'étiraient déjà devant la fenêtre, dévoilant des tissus orangés au sol. Les vêtements de ma mère. Avait-elle passé sa nuit sur le canapé, avec les autres ? Lomen avait-il dû se résoudre à dormir sur le plancher ? Je n'avais plus d'excuse. Je devais rejoindre les adultes et leur réalité. Aujourd'hui, j'allais passer à l'action. Pour de bon.

CHAPITRE 41 :
J'AIME LES PLANS QUI SE DÉROULENT SANS ACCROC

–

« Note de service : Une fois la bonne formule trouvée, il faudra éliminer tous ceux qui auront travaillé dessus, de près ou de loin. Son secret ne doit pas être dévoilé à nos ennemis ou, pire, devenir accessible à l'ensemble de la population. »

–

Dans le salon, Timéon, toujours ligoté et bâillonné, était allongé au sol, Lomen debout à l'écart, les sourcils froncés. Ma mère s'était blottie dans les bras de Jayden, sur le canapé. Un cri intérieur me déchira, mais je ne laissai rien paraître. Ou, du moins, j'essayai. Si je me montrais suffisamment sûre de moi, raisonnable et posée, ils m'écouteraient peut-être.

Ils tournèrent tous la tête vers moi. Je m'humectai les lèvres, pour gagner du temps. Je n'avais pas préparé mon discours. Timéon me fixait, angoissé. Je m'adressai à lui.

– On a du pain sur la planche. Aujourd'hui, on va envoyer un message au conseiller Nordone pour lui dire que…

Jayden me coupa :

– Il nous localisera tout de suite. C'est trop risqué. On a réfléchi à ça toute la nuit.

– OK, je vois le genre. Vous avez évalué tous les dangers, et vous avez décidé que c'était trop risqué, c'est ça ?

– Non, ça, c'est ce que pensait le pseudo-artiste. Je n'étais pas d'accord avec lui et on a cherché une autre solution.

Je souris à Lomen. Nous étions au moins deux à détester ce petit arriviste qui avait volé ma mère.

– Fini de tergiverser. On se rend directement au labo et on leur propose l'échange. S'ils refusent, Timéon sera exécuté.

– Je persiste à dire que c'est une idée stupide. Vous allez vous jeter dans la gueule du loup. Ils ne vous laisseront jamais repartir.

Lomen ne me quittait pas des yeux. Son plan était risqué. Mais Lubin pourrait mourir mille fois pendant que nous tergiversions. Je hochai la tête.

– Sauf que nous leur dirons que la formule sera détruite s'ils nous éliminent. Et là, c'est vous qui entrez en jeu.

– Je n'ai aucune envie d'être impliqué dans votre sauvetage à la noix. Si nous nous en mêlons, nous passerons tout le reste de notre vie à fuir.

– C'est trop tard pour penser à ça.

Je répétai, plus fort :

– C'est trop tard. Vous êtes déjà impliqué. Dès le moment où vous vous êtes associé avec Lubin, vous étiez mêlé à ce qui allait se passer.

– Mais enfin, c'est ridicule. Qu'est-ce qui les poussera à croire que nous n'allons pas détruire la formule une fois que vous serez sortis du labo ?

– Leur cupidité. Ces gens ne nous penseront jamais capables de renoncer à une telle possibilité. La vie éternelle ! Pour eux, c'est trop beau pour être vrai.

– Et ça doit le rester.

– On est d'accord, Maddie. Mais ils n'ont pas besoin de le savoir maintenant.

– Et si le môme lâche la vérité ?

Nous pivotâmes tous vers Timéon. Il secouait la tête, frénétiquement. Lomen se rapprocha pour détacher le bâillon. Le morceau de tissu était trempé.

– Je ne dirai rien. Promis, juré. Libérez-moi et vous serez tranquilles. Ne me faites pas de mal. Par pitié. Je ne vous trahirai pas. Je…

Je remis moi-même le bâillon en place. Timéon était pathétique.

– Simple. Il ne vient pas. Quand ils le récupéreront, il sera trop tard pour qu'ils nous pistent. Et la promesse de sa libération sera un atout de plus dans notre manche. Une garantie pour qu'ils nous laissent partir.

Les hommes se scrutèrent. Lomen fit une moue peu engageante.

– Ça peut marcher.

– Alors on y va.

Si je patientais une seconde de plus, je perdrais ma détermination. Mon estomac était trop noué pour supporter la moindre nourriture. Pendant que Jayden et Lomen échangeaient quelques recommandations, ma mère se rapprocha. Elle s'agrippait au châle posé sur ses épaules, avec des mouvements rapides chaque fois qu'il menaçait de glisser. Ses yeux n'osaient pas me fixer.

Ne prends pas de risques, s'il te plaît. Je n'ai pas envie de…

– Ne dis plus jamais que tu as peur de me perdre. C'est nous qui t'avons perdue, pas l'inverse. Tu as toujours su où nous trouver.

– Cet homme ne mérite pas que tu mettes ta vie en danger.

– Cet homme, comme tu dis, s'appelle Lubin et il a toujours été là pour moi. Pas toi. Et je te rappelle que c'est toi qui m'as laissée avec lui.

– Je ne pouvais pas t'emmener. Je ne savais pas si je trouverais un logement, de quoi manger…

Ses doigts serrés blanchissaient sur son châle.

– Tu ne savais rien, visiblement. Eh bien, je vais t'apprendre une chose : je ne suis plus ta petite fille. J'ai grandi. Et je n'ai plus besoin de toi.

C'était faux. La blessure dans ses yeux m'arrachait mes souvenirs. Tous ces jours passés sans elle. Toutes ces nuits à étouffer mes pleurs. J'aurais voulu qu'elle me prenne dans ses bras, me rassure, me dise que tout cela n'était rien, qu'elle allait prendre les choses en main. Comme quand j'étais petite. Avant.

– Je n'ai pas été là pour toi. Et ça a été un déchirement, à chaque minute de ma vie.

Sa voix était lourde, ses yeux s'humectaient.

– J'ai pensé à revenir, à te prendre avec moi. Chaque jour qui passait était aussi douloureux que la veille. Parfois, je me postais sur le chemin que tu prenais pour l'école, juste pour t'apercevoir quelques secondes.

Elle n'avait pas le droit. J'avais souffert, pas elle. C'était elle qui avait décidé de partir.

– Je n'ai pas été à la hauteur. J'ai eu peur, je ne savais plus comment faire machine arrière. Je pensais que c'était la meilleure solution, pour toi. Que tu grandirais en étant protégée, et pas sans savoir de quoi demain serait fait, ni si tu aurais un toit au-dessus de la tête et de quoi manger. Mais peut-être que… peut-être que ce n'était pas le plus important. Tu sais, ce n'est pas parce qu'on est adulte qu'on prend les bonnes décisions.

Une larme coulait sur sa joue, ses lèvres tremblaient. Je ne devais pas me laisser attendrir, je ne voulais pas me laisser attendrir… Alors pourquoi est-ce que mes yeux pleuraient aussi ?

Je me rappelai les mots d'Emrys. J'avais encore une mère, finalement. C'était une chance incroyable, un cadeau inespéré. Un gémissement m'échappa.

– Maman.

Ce mot m'avait trop manqué. Comme l'étreinte de ma mère que je retrouvais enfin.

Lomen et moi partîmes peu de temps après. Emrys dormait toujours. Je ressemblais plus à ma mère que je ne voulais l'avouer : comme elle, je me refusais à mettre en danger ceux que j'aimais.

Nous rasâmes les murs. Évitant les agents, les drones de surveillance, les contacts. Nos pas ne ralentirent qu'à proximité du labo. Ma salive pesait dans ma gorge. Les frissons dans ma colonne vertébrale et le long de mes bras ne m'arrêtaient pas. Si nous étions surveillés, je ne voyais personne. Nos pas résonnaient dans des rues trop vides. Par moments, la main de Lomen se posait sur mon épaule, m'offrant un nouvel élan pour continuer. Nous n'avions pas d'autre choix que d'avancer. Mais…

– Pourquoi es-tu venu avec moi ?

Il haussa un sourcil, élabora un sourire. Sans s'arrêter.

– Je te l'ai dit, mes parents ne me pardonneraient pas de laisser seule une jeune fille en détresse.

– Sérieusement, Lomen.

Il stoppa enfin, ébouriffant ses cheveux tout en cherchant ses mots.

– Tu es toujours aussi têtue, hein ? Dès le départ, je savais que tu m'attirerais des ennuis. Tu veux vraiment que je te dise ?

J'acquiesçai, muette. Il n'avait pas tort. Sans moi, il serait toujours tranquille dans sa ferme.

– Sans toi, j'aurais continué à passer ma vie à chérir le souvenir de Maddie. De ta mère. Un souvenir faussé. Je ne me suis jamais autorisé à vivre, à aimer quelqu'un d'autre. J'attendais qu'elle revienne, persuadé qu'elle comprendrait enfin ce qu'était le véritable amour. Qu'est-ce qu'on peut se planter quand on est jeune !

– Hé !

Son sourire était plus sincère.

– Tu comprendras plus tard, jeunette. Mais ce n'est pas la seule raison. Je n'en peux plus de ce monde où les gens comme mes parents, comme moi, sont sans cesse mis de côté. On doit se cacher, alors qu'on respecte juste la nature. Ce n'est pas normal. Regarde les gens des ZAD. J'ignorais tout d'eux. On vit tellement à l'écart du monde qu'on ne se connaît même pas entre nous. Pendant des années, j'ai cherché comment lutter contre ce système. Je venais parfois en ville et…

Il coula un regard latéral vers moi, ralentissant le pas.

– Tes fameux contacts.

– Oui, c'est ça. On voulait mener une révolution pacifique, faire passer le mot, changer les mentalités… On n'a jamais rien fait. Ce n'est pas autorisé, tout ça, tu le sais bien. C'est pour cela aussi que j'ai pété un plomb quand tu es apparue chez nous, avec ce qui semblait être des informations sur moi. J'avais peur. C'était stupide, et je m'en veux de ne pas t'avoir fait confiance dès le départ.

Il repartait déjà, mais je l'arrêtai.

– Lomen, merci. Mais tu n'es pas obligé de… Tes parents t'attendent. Si jamais… Ils ne sauront pas…

Les mots se cachaient et je ne les trouvais plus. Ils allaient me submerger. Je faillis ne pas entendre la réponse de Lomen, murmurée entre ses dents serrées.

– Si je te laissais maintenant, je ne vaudrais pas mieux que les autres. Je serais aussi lâche qu'avant. Et ça, c'est hors de question !

Je hochai la tête, même s'il ne me voyait pas. Puis lui passai la main dans le dos, d'un geste fugitif. Le sourire qu'il me retourna l'était tout autant. Nous avancions.

CHAPITRE 42 :
LEAVE US KIDS ALONE

–

« Note de service : Le principe de base est de cloisonner l'information. Les intervenants n'ont pas besoin de tout savoir. Sauf nous. »

–

Une ombre orange m'alerta, à quelques rues du labo. Un flash dans une ruelle. Un sifflement. Et nous étions encerclés. Willis se dressa devant nous, les bras croisés. Son pantalon orange tranchait sur son débardeur blanc sale, troué par endroits. Sa mâchoire fermée était nettement moins avenante que quand il nous avait extrait des lieux.

– Vous ne deviez plus jamais revenir ici.

– On doit faire sortir Lubin. On a une monnaie d'échange.

– Vous voulez marchander avec les scientos ? Ils ont trop trifouillé dans votre cerveau et ont fini par le bousiller ?

– Pourquoi vous êtes encore là ? Je pensais que vous deviez trouver un nouveau refuge au plus vite ?

Comment Lomen parvenait-il à garder son calme ? À moins que sa main tremblant dans mon dos ne fût un indice que masquait son ton assuré.

– Fulvia m'a demandé de surveiller les lieux. On peut pas évacuer tout le monde d'un coup, c'est trop risqué. On a des jeunes enfants et des… Tout le monde ne peut pas se déplacer facilement.

Je revis les cheveux blancs qui hantaient les couloirs de leur refuge. Ces mains tavelées qui avaient écarté des rideaux sur notre passage. Leurs jambes pourraient-elles les porter s'ils devaient fuir ?

– On ne parlera pas de vous. Vous ne serez pas impliqués. On ne saurait pas retourner dans votre ZAD, de toute manière.

Willis renifla, méprisant.

– Ils ne mettront pas longtemps à nous trouver. On est trop près des beaux quartiers, je l'ai toujours dit. On se croyait à l'abri. Mais, au fond, ils n'ont jamais voulu de nous. Et le conseil ne tardera pas à trouver une bonne excuse pour nous éliminer. Ces faux jeunes se croient toujours les plus forts.

Dans l'ombre, ses compagnons s'agitaient. Je n'osais pas quitter notre interlocuteur des yeux. Nous devions passer.

– Nous avons capturé le fils Nordone. On va le leur rendre contre Lubin. Après on partira loin d'ici et vous n'entendrez plus jamais parler de nous.

– Ça ne suffira pas. Un gamin contre la jeunesse éternelle et le pouvoir à vie ? Leur choix sera vite fait.

Fulvia s'était déplacée jusqu'à nous. Je me retournai pour voir le groupe s'écarter afin de la laisser passer.

– Et quand ils vous tortureront, vos belles promesses ne tiendront pas longtemps.

Elle se trompait. Forcément.

– On ne racontera rien sur vous. Et puis, vous ne les intéressez pas, de toute manière.

– Non. Mais on leur échappe, et ils n'aiment pas ça. S'ils trouvent un moyen de nous causer plus de tort qu'ils ne le font déjà, ils n'hésiteront pas. Pour ces gens, le pouvoir passe avant tout. Nous ne pouvons pas prendre ce risque.

Et moi, je refusais de courir le risque de perdre Lubin.

– Lubin est dedans. Il connaît la formule dont ils ont besoin.

– Je sais.

Évidemment. Sinon elle n'aurait pas tenté de le faire sortir du labo.

– Et vous ne craignez pas qu'il parle ?

– Je le fréquente depuis suffisamment longtemps. Plus longtemps que toi, fillette. S'il a décidé de ne rien dire, il se taira.

Dans une autre vie, je l'aurais interrogée sur son passé avec Lubin.

– Il ne survivra pas à son silence.

Une ombre traversa son visage, frissonnant aux rides qui cernaient sa bouche.

– C'est son choix.

– Et s'il en fait un autre ? Je suis sa fille. Ils m'ont déjà trouvée une fois. Deux fois même. Je ne pourrai pas leur échapper longtemps.

– Je ne sais pas pourquoi ils n'ont pas encore essayé de la torturer, elle, pour le faire parler. Mais ils ne tarderont pas à s'y décider. Combien de temps résistera-t-il ?

Lomen avait raison. Ce qui ne calma pas le frisson qui engloutit mon corps. Lubin ferait tout pour moi. Je le savais. Et Fulvia le savait aussi. Ses lèvres se serrèrent plus encore, pendant que ses yeux se plissaient.

– Votre stratégie, c'est de vous jeter dans leurs bras ? Les jeunes me surprendront toujours.

– Elle a peut-être raison, tantine. La famille, c'est important, même pour eux. C'est même peut-être encore plus important pour eux : ils doivent choisir de vieillir de quinze ans pour avoir des enfants. Ils y tiennent donc forcément.

– Arrêtez de parler de plan, de stratégie, ou de je ne sais quoi ! Nous n'avons pas le choix, c'est tout. Si je ne rentre pas là-dedans maintenant, ils me forceront à y retourner, tôt ou tard. Ils sont prêts à employer des moyens que vous n'imaginez même pas. Même le conseil est avec eux, je ne parviendrai jamais à me cacher assez bien ni assez longtemps. Il faut jouer maintenant, tant que nous avons un atout. Vous, les vieux, vous voulez toujours tout gérer, tout prévoir. Mais ce n'est pas possible. La vie, c'est prendre des risques, oser, se blesser parfois. On ne gagne pas à tous les coups, mais on ne gagne pas sans jouer !

Fulvia échangea un long regard avec Lomen.

– Elle est bien, cette petite.

– Oui, je trouve aussi.

Sa main sur mon épaule était chaude. Sa voix était fière.

Sur un signe de tête de Fulvia, ses hommes s'écartèrent. Ils nous laissaient passer ! Au moment où j'avançai, elle me retint. Je me raidis, je n'avais plus la patience d'écouter le moindre sermon.

– Quand tu sortiras de là, viens me voir. On pourra avoir des discussions intéressantes, toi et moi.

J'acquiesçai.

Chaque pas vers le laboratoire me pesait un peu plus. Je tentais de me dépêtrer de mes doutes pour continuer à avancer. Ma main hésita devant la porte. C'était la première fois que je me rendais là de mon plein gré. Il n'y avait aucune sonnette. Pas même une caméra visible, alors que nous devions être surveillés. La porte qui pivota et le bras qui m'agrippa vers l'intérieur confirmèrent mon intuition.

Je fus portée, plus que traînée, le long d'un couloir, vers une nouvelle salle qui se referma sur moi. Sur nous : Lomen avait réussi à me suivre. Mes yeux refusaient de croiser les siens, de crainte d'y voir se refléter mes doutes. Quelques minutes suffirent pour que Stepan arrive. Son arrogance dissimulait mal son stress. Ses supérieurs n'avaient pas dû apprécier notre fuite.

– J’avoue que je suis surpris. Je ne m’attendais pas à une reddition si rapide. Vous êtes finalement plus sensée que je ne le pensais, Morane.

Ses formules crispantes ne dénouaient pas mes muscles. Mon corps n’était que tension et je devais le cacher.

– Je veux parler à vos responsables. Les enjeux sont trop importants pour que je négocie avec des subalternes.

Stepan se hérissa. Il essayait tellement de gonfler son importance qu’il n’avait même pas décelé les fêlures de ma voix.

– Si vous ne vous dépêchez pas, le conseiller Nordone pourrait vous en vouloir. C’est à propos de son fils. Êtes-vous prêt à prendre ce risque ?

Stepan me considéra longuement, avant de se tourner vers Lomen. Ce dernier se contenta de hocher la tête, puis Stepan ressortit, d’un pas aussi pressé qu’à son arrivée. Un soupir m’échappa. La première partie du plan était activée. La deuxième réussirait-elle ?

CHAPITRE 43 : TOUTES LES FAMILLES SONT MALHEUREUSES À LEUR MANIÈRE

–

« Note de service : La sélection des personnes qui auront accès au traitement amélioré se fera sur des critères stricts. Aucun lien de parenté ou d'amitié ne pourra prévaloir. Seule comptera l'implication du candidat choisi dans la bonne marche de la société. Et son efficacité pour améliorer nos conditions de vie. »

–

Il ne faut jamais surestimer l'affection d'un père pour son enfant. Le conseiller Nordone mit plus d'une heure à se déplacer jusqu'à notre cellule. Je l'avais parcourue en long, en large et en travers, j'avais manqué de m'y effondrer plusieurs fois, y avais écrasé quelques larmes que je ne voulais pas laisser voir à nos ennemis. Et je commençais très sérieusement à avoir envie d'aller aux toilettes. Ce qui me rendit un peu plus rude que nécessaire.

– Eh bien, vous voilà enfin. Vous ne devez pas y tenir tant que ça, à votre fils !

– Qui ça ? Ce fêtard invétéré qui me fait honte ? Non, pas plus que cela. Mais votre ami Stepan a insisté pour que je vous rencontre.

Stepan trépignait derrière lui. Il allait rétorquer, mais je le pris de court.

– Nous vous proposons un échange. Lubin contre Timéon. C'est à prendre ou à laisser.

Le conseiller, serré dans un costume gris qui le vieillissait au-delà de son apparence de quadragénaire, se contenta de hausser les épaules.

– Je laisse.

– Non !

Le cri s'échappa de ma bouche. Il heurta toutes les personnes présentes, qui se retournèrent vers moi. Des gardes surgirent, encadrant le conseiller.

– Vous ne pouvez pas. Mes amis vont le tuer. Et vous ne le reverrez plus jamais. Et…

– Je n'ai sans doute pas été assez clair, petite demoiselle.

Il se rapprocha. Son nez à deux millimètres de moi. Je me figeai, luttant contre l'instinct de reculer.

– Je n'en ai rien à faire. Mon fils est mort le jour où il a décidé de rejoindre les fêtards. S'il était resté, il aurait peut-être pris ma relève. En l'occurrence, je préfère travailler sur les solutions qui me permettront de conserver mon poste plus longtemps.

– Ce n'est pas possible. Ce n'est pas sain. Les choses ne doivent pas se passer de cette manière.

– Vous voyez, c'est la raison pour laquelle les jeunes ne devraient jamais être au pouvoir. Vous vous laissez guider par vos émotions. Nous, les adultes, nous avons un peu plus de plomb dans la cervelle. Le monde a besoin de notre expérience. Emmenez-la !

Les gardes saisirent mes bras. Je me tournai, affolée, vers Lomen. Il bondit vers moi pour me libérer. Une décharge électrique le projeta au sol. Quand il s'écroula, son corps tressauta sur le carrelage blanc. Mes larmes montaient. Je voulus me débattre, mais on me tenait trop serrée. Je pus juste tourner la tête vers lui.

– Libérez-moi ! Ne lui faites pas de mal ! Vous ne comprenez rien, Timéon va mourir !

– Faites-la taire.

Un bâillon couvrit ma bouche suivant l'ordre de Nordone, prononcé avec une lassitude trop marquée pour n'être pas feinte. Nous tournâmes dans tellement de couloirs que j'y perdis mes repères. Il ne me restait plus qu'à espérer que la deuxième partie de mon plan serait plus efficace que la première. Le bâillon avait le goût de la sueur du garde qui l'avait ôté de son cou. Une saveur piquante, écœurante, que je ne pouvais pas recracher. Des haut-le-cœur me soulevaient à chaque pas.

Nous atteignîmes enfin une nouvelle salle. Les deux gardes m'y poussèrent à la suite de Nordone et Stepan. Je croyais m'être préparée pour le spectacle qui m'y attendait. Je me trompais.

Lubin était attaché sur une chaise. Accroché, plutôt : seul le métal du dossier le soutenait. Sa tête pendait sur son torse, un filet de sang glissait de sa bouche. Ses cheveux étaient plaqués sur son crâne, ses joues décharnées. Sa chemise était collée par la sueur et d'autres traces. Elle se soulevait à peine à chacune de ses inspirations, beaucoup trop espacées. Ses pieds étaient rentrés vers l'intérieur dans une position intenable. Par moments, des frissons secouaient son corps, sans qu'il cherche à les retenir.

Je ne pouvais même pas hurler son nom, ni me précipiter vers lui. Ils avaient dû passer à un stade supérieur de torture pour le détruire à ce point en quelques jours. J'étouffais dans ma fureur et ma peur. Le sang bouillonnait dans mes oreilles. Les mots de Nordone finirent par m'atteindre, au milieu d'une phrase. J'ignorais depuis combien de temps il parlait.

– ... qui avons les cartes en main. Le chantage devrait être réservé aux professionnels. Allez-vous vous décider à nous parler, maintenant ?

Je hochai la tête, frénétiquement. Les yeux de Stepan s'écarquillèrent, tandis que le conseiller esquissait un sourire satisfait.

– Bien, je savais que nous parviendrions à un arrangement.

Sur un signe de sa part, le tissu se relâcha autour de mon visage. Je le repoussai, prenant le temps de cracher un peu de salive. Mes yeux piquaient ; je clignai à plusieurs reprises, m'accordant le temps de reprendre mes esprits. Je n'avais plus le droit à l'erreur.

– Nous allons vous aider. Mais vous devez nous libérer. Dans cet état, Lubin ne peut rien pour vous, de toute manière.

– Oh, ne croyez pas cela, petite demoiselle. Nous avons consacré beaucoup d'énergie à déterminer qui est réellement votre père. Mais, depuis qu'il est entre nos mains, nous avons pu mener quelques expériences très instructives. Saviez-vous qu'il possède des capacités exceptionnelles de régénération ? Si nous lui laissons suffisamment de temps, son corps récupère et nous pouvons recommencer nos petits travaux. Intéressant, n'est-ce pas ?

Il couvait Lubin avec gourmandise. Un frisson grimpa le long de ma colonne vertébrale.

– Laissez-moi partir avec lui. Je vous donnerai la formule.

Le conseiller éclata de rire.

– Bien sûr, je vais vous croire sur parole.

Il se pencha vers moi, serra mon menton entre ses doigts. La peau me tirait, sa respiration me touchait, tout mon être hurlait de reculer.

– Vous nous prenez vraiment pour des amateurs, ma petite ? Ou vous êtes complètement idiote, ce qui me semble plus pertinent à votre âge. Votre père ne sera libéré qu'une fois que nous aurons testé, et validé, ce traitement. Pas une minute avant.

Nordone me lâcha, s'essuya la main sur un mouchoir. Il frotta méticuleusement ses doigts pendant que je cherchais une nouvelle issue.

– Mais cela va prendre des années. Il va mourir, il est en fin de vie, et…

– Non, ça, c'est ce qu'il vous a raconté. Nous avons d'autres informations nettement plus fiables.

Sur un signe de tête, Stepan s'éclipsa. Les cartes m'échappaient des mains les unes à la suite des autres.

– J'ai cru comprendre que votre père était un grand amateur de musique. Est-ce aussi votre cas ?

Ses paroles étaient prononcées sur le ton du badinage, mais je me figeai. Que savait-il ? Je bégayai quelques absurdités à propos de groupes à la mode pendant que mon cerveau moulinait en tous sens, quand la porte s'ouvrit dans mon dos.

– Ne la tuez pas, elle n'a rien fait !

CHAPITRE 44 :
LA LÂCHETÉ, ÇA S'APPREND OU C'EST INNÉ ?

–

« Note de service : Les meilleurs scientifiques du pays doivent être recrutés pour ce projet. Quitte à les détourner de leurs missions officielles qui pourront toujours être effectuées par la suite, quand nous aurons tout notre temps. »

–

Emrys se rua vers moi, m'enlaçant pour m'écarter de Nordone. Derrière elle, Stepan secouait la tête avec pitié. D'autres personnes patientaient dans le couloir.

– Quelles charmantes retrouvailles. Je vois que vous avez su retrouver la porte de service réservée aux employés. Vous êtes venue terminer votre mission ? C'est un peu tard pour cela.

Mon frère, vous l'avez...

Emrys se raidit, et sa pression sur mes bras augmenta. Nordone balaya ses craintes d'un revers de la main.

– Oh, ce petit bonhomme ? Je l'avais complètement oublié. J'imagine qu'il doit encore être dans un de nos centres. Il faudra que je donne des ordres à son sujet.

Lubin tournait la tête de gauche à droite, ses yeux se révulsaient dans leurs orbites. Je ne pouvais même pas aller le rassurer, emprisonnée dans l'étreinte d'Emrys. Quand elle desserra sa prise, ce fut pour tâter mon corps, vérifiant que je n'étais pas blessée. Je sentis sa main s'attarder sur la poche de mon pantalon. Ce n'était pas vraiment le moment pour… Et puis les hommes qui suivaient Stepan entrèrent, un prisonnier entre eux.

– Jackson ! Comment ça va ? Ils ne t'ont pas fait de mal ?

Le vieil ami de Lubin ne répondit pas à ma question. Sa tête restait penchée vers le sol. Ses mains tremblaient. Pourtant, au contraire de mon père, il n'était pas attaché.

– Je suis désolé, Morane. Je n'ai pas été assez fort.

Quand il affronta enfin mon regard, je ne vis aucune blessure sur sa face. Juste un masque de lâcheté et de honte.

– Comment as-tu pu ?

Si Emrys ne m'avait pas à nouveau retenue, j'aurais plongé toutes griffes dehors vers celui que j'avais si longtemps considéré comme un ami. Comme un protecteur. Et qui n'était qu'une…

– Une larve. Une larve infâme, voilà ce que tu es. Il te faisait confiance. Je te faisais confiance. Regarde ce qu'ils lui ont fait ! Et toi, tu n'as rien. Ils t'ont promis quoi en échange ?

Je crachai vers ses pieds. Ou du moins j'essayai, tandis qu'un filet de bave me dégoulinait sur le menton.

– Ce n'est pas que votre petite réunion de famille m'ennuie… mais en fait, si. Venons-en au fait, voulez-vous ? Votre ami ici présent nous a confié comment trouver sa part de la formule et nous l'avons récupérée dans sa maison, en même temps que l'on vous y capturait. Nos agents vont certainement bientôt me rapporter les prochains éléments, maintenant que nous connaissons toute l'histoire et ses différents protagonistes. C'était futé… mais pas tant que ça. Nous n'avons déniché aucune guitare dans vos différentes cachettes, mais je suppose que vous savez très précisément où se trouve celle de votre père, n'est-ce pas ?

Je ne bronchai pas. Mes tremblements soulevaient des vagues entre les bras d'Emrys. J'aurais dû détruire les instruments dès que j'avais compris ce qu'ils représentaient.

– Nous n'avons qu'un petit souci, mais je ne doute pas que nous en viendrons rapidement à bout.

Le conseiller se rapprocha de moi et m'arracha à Emrys d'un coup sec.

– Votre père a codé la formule et nos experts ne parviennent pas à la décrypter. Ce sera peut-être plus facile une fois tous les éléments en notre possession, mais j'ai horreur de perdre mon temps. Puisque vous êtes là, vous allez gentiment demander à l'épave qui vous tient lieu de père de nous expliquer ce qu'il en est. Sinon… disons que ma patience a ses limites et que, pour me défouler, je me verrai dans l'obligation de faire du mal à quelqu'un. Peut-être à vous, tiens…

Il m'avait tirée vers la chaise où mon père était retenu. Mes chevilles se tordaient tandis que je luttais. Je voulais plus que tout me rapprocher de Lubin, mais pas dans ces conditions. Pas pour faire ce que le conseiller m'imposait. Quand je m'agenouillai à côté de Lubin, les larmes tremblaient déjà dans mes yeux. Mes lèvres murmuraient. Lubin me soutenait du regard.

Je levai une main vers son visage, dénouant le bâillon qui l'empêchait de me parler. Lubin toussa, s'étranglant avec la salive dans sa bouche.

– Ta promesse.

Les larmes gagnèrent. Tout, mais pas ça. Ma tête remuait de gauche à droite, comme un pantin fou.

– Je ne vous trouve pas convaincante, mademoiselle. Je devrais peut-être vous aider à mettre au point vos arguments.

Nordone m'attrapa par les cheveux et me tira en arrière. Je tombai tandis qu'il abattait sa main sur ma joue. Emrys hurla.

– Vous n'avez pas besoin de faire ça. Elle n'y est pour rien.

– Oh, je n'en doute pas. Votre amie n'est qu'une victime collatérale. Si elle collabore, elle entrera dans les livres d'histoire comme celle qui a changé l'humanité en nous offrant la vie éternelle. Cela vaut bien quelques cicatrices.

Je m'étais redressée pendant qu'il pérorait. Mes larmes débordaient maintenant de rage contenue. En massant le bleu déjà en train de se former sur mes fesses, je trouvai ce qu'il me manquait. Je tenais peut-être une solution, mais laquelle ? La pièce se resserra sur moi quand les derniers comparses de mon plan raté furent poussés à l'intérieur. Jayden vociférait, tout en tenant sa main, ses doigts pliés à contresens. Ma mère était collée à lui. Timéon paradait, alors qu'il était, lui aussi, encadré par des gardes aux visages fermés. Nordone était-il sûr de lui au point d'avoir recruté les officiers de la cité dans son opération ?

– Ah, papa, je suis content de te voir.

– Pas moi. Vous avez les instruments ?

L'un des gardes lui tendit deux guitares. Les rosaces avaient été enlevées, les symboles gravés dévoilés. Nordone passa devant son fils sans lui accorder un regard.

– Il semblerait que nous ayons tous les ingrédients. Il ne nous manque plus que la recette. Il est temps que vous fassiez passer votre père à table, mademoiselle.

Lubin avait repéré ce que je tenais à la main. Sorti de ma poche. Je le brandis vers son cou et toute la pièce se figea.

– Maintenant, vous allez m'écouter. Sinon tout le monde ne sortira pas d'ici vivant.

Ma voix tremblait presque autant que ma main. Je la tenais à quelques millimètres de la peau de Lubin. Je ne voulais pas le couper accidentellement avec le scalpel qu'Emrys m'avait passé.

CHAPITRE 45 :

SEUL LE MEILLEUR EST ACCEPTABLE

–

« Note de service : Il sera peut-être nécessaire de mener des expériences non autorisées. La manne des gens qui ont refusé le contrat ou qui en ont été exclus pour une raison ou une autre nous sera alors très utile. Nous pourrons toujours nous en débarrasser définitivement par la suite. »

–

Les gardes s'étaient crispés. Je refusais d'entendre ce que me disait Lubin.

– Fais-le.

Je n'en étais pas capable. Je n'en avais pas la force. Emrys tenta de m'insuffler la sienne.

– Vous allez l'écouter et on va tous sortir d'ici indemnes. Que quelqu'un aille libérer Lubin.

Un ricanement étouffé lui répondit. Le conseiller Nordone gardait sa position, mais il ne contenait pas son mépris.

– Vous êtes mignonnes. Vraiment. Peut-être que je vous laisserai la vie sauve quand toute cette parodie sera terminée. Vous m'amusez. Vous êtes néanmoins conscientes que nous sommes plus nombreux, mieux entraînés et mieux armés que vous ?

Emrys bégaya avant de trouver sa réplique.

– Vos gardes peut-être, mais pas votre fils. Ni vous, j'en suis sûre, poursuivit-elle quand Nordone secoua sa tête. Vous avez passé votre vie derrière un bureau, vous…

Il dénoua sa cravate et déboutonna sa chemise d'un geste vif. Les muscles sur son torse répondirent à sa place.

– L'avantage d'un corps jeune, voyez-vous, c'est qu'il est très facile de l'entretenir, pour peu d'y consacrer un minimum de temps. Et comme je n'avais aucune intention que ma belle machine ne me fasse défaut, j'ai engagé les meilleurs entraîneurs. Il ne faut faire confiance qu'aux meilleurs.

Sa chemise serrait déjà le cou d'Emrys. Au lieu de la remettre, il l'avait lancée pour agripper mon amie. Mes doigts glacés ne sentaient plus la lame, je resserrai ma prise pour ne pas la lâcher.

– Voilà ce que j'appellerais une impasse. Du moins pour vous. Si vous ne lâchez pas immédiatement votre lame, votre compagne de jeu risque de perdre l'usage de la respiration. Temporairement. Ou définitivement.

Les gardes avaient déjà les mains sur leurs bâtons d'énergie. Ils allaient nous électrocuter pour nous endormir. Nous ne pourrions rien faire. Nous n'avions plus d'alliés à l'extérieur.

Même la trappe qui tomba du plafond, juste devant les pieds du conseiller, ne pourrait pas nous sauver. J'aurais voulu hurler à Willis de rebrousser chemin et de s'enfuir.

– Et alors, on a décidé de faire la fête sans moi ? C'est pas gentil, ça.

Cette fois, les bâtons d'énergie pointaient dans sa direction. Il n'était pas de taille à se défendre.

– Oh, je vois, vous essayez de me faire peur avec vos armes. Mais moi, j'ai un tournevis. Hé, hé !

Sa bravade me fit sourire. Jusqu'au clin d'œil qu'il me lança avant de s'effondrer, le tournevis à la main, traversé par les ondes électriques. Son intervention avait été inutile. Sauf si on comptait la distraction du conseiller, qui avait permis à Emrys de se dégager et de me rejoindre. Elle haletait, accroupie derrière moi. Je devais maintenant protéger deux personnes, avec juste un scalpel. Ce serait insuffisant. J'étais insuffisante.

Le masque de patience de Nordone se fissura.

– La plaisanterie a assez duré. Il y a des personnes ici qui ont un vrai travail. Vous m'avez fait perdre suffisamment de temps. Gardes !

Ils avancèrent. Cinq hommes qui marchaient vers moi dans un bel ensemble, leurs bâtons tendus. Ils seraient rechargés dans quelques secondes.

– Morane, fais quelque chose !

Je ne pouvais pas. Ma mère me regardait en secouant la tête, si fragile au milieu de tout cet équipement.

– Rends-toi, ma chérie. Ils ne te feront pas de mal. Il y a toujours d'autres solutions, tu sais. Je ne veux pas te perdre, pas maintenant que je t'ai retrouvée.

Ma prise trembla sur le scalpel.

– Morane.

Le murmure de Lubin. S'il existait un moyen de nous échapper, lui saurait lequel. Ses yeux plongèrent dans les miens.

– Tu sais ce que tu dois faire.

Je secouai la tête. Non, c'était trop dur. Je ne pouvais pas. Il ne pouvait pas. J'en étais incapable. Il remua les doigts, les bras entravés. Il ne pouvait pas m'attraper, alors je plongeai vers lui, bloquant ma tête contre son torse. Son cœur battait si faiblement. Un sanglot me secoua. Les gardes s'étaient rapprochés. Le métal froid de leurs bâtons venait cogner contre mon dos.

– Dernier avertissement, mademoiselle. Je ne joue plus.

Je relevai la tête. Le visage de mon père brillait à travers les larmes qui envahissaient mes yeux. Il baissa les paupières. Il m'accordait son absolution. Au moins, l'un de nous deux me pardonnerait.

J'enfonçai la lame.

CHAPITRE 46 :
JUSQU'ICI, TOUT VA BIEN

–

« Note de service : Il sera nécessaire de mener des expériences sur les mères gestantes. La période de déblocage de la puce, lorsque le traitement hormonal est interrompu, contient certainement des indices sur la formule. Il va de soi que ces expérimentations ne seront jamais formalisées ni annoncées au grand public. »

–

J'ouvris les yeux dans une pièce au plafond blanc. Des tremblements secouaient toujours ma peau et mes nerfs. J'avais été sanglée sur un lit. Pour m'empêcher de m'enfuir ou pour que je ne tombe pas ?

– Ça y est, tu es réveillée. J'étais tellement inquiète.

La force me manquait pour parler. Une boule obstruait ma gorge. Je ne pouvais que cligner des yeux, et c'était déjà difficile.

– Ne t'inquiète pas, ils ne te feront pas de mal. Tu ne leur sers plus à rien, maintenant. Dès que tu seras sur pied, on pourra sortir d'ici, je te le promets. Tu veux quelque chose ? De l'eau ? Je devrais peut-être appeler une soignante. Pourquoi tu ne parles pas ?

Parce que je ne voulais poser qu'une seule question. Et que je ne voulais pas entendre la réponse. Emrys caressa ma main avant de me quitter. Je me réfugiai dans le noir. Mais il n'était pas assez profond pour m'engloutir.

Puis ma mère entra. Sa main hésitait contre mes cheveux, dans une caresse qui me rappelait tellement le temps d'avant. J'avais peut-être perdu un… Je ne pouvais même pas le penser. Mais j'avais une mère, maintenant. Qui m'aimait, apparemment. Est-ce que cela suffirait ? Je ne voulais pas le savoir, pas y penser. Juste profiter de cette bulle de tendresse.

La porte s'ouvrit à nouveau.

– Je sais que tu ne dors pas. Tu as été très courageuse, petite. Je n'aurais pas cru dire ça un jour, mais je suis sûr que ton père a été très fier de toi.

Je ne voulais pas qu'il soit fier de moi, je voulais qu'il soit là, avec moi. Son absence me déchirait déjà de l'intérieur. Mais seul Lomen était debout à côté de moi. Mes liens avaient disparu et je tentai de me redresser. Il m'aida en tirant l'oreiller dans mon dos.

– Tu as pris une bonne dose. Tu vas avoir besoin de temps pour te remettre.

– Qu'est-ce… Qu'est-ce qui s'est passé ?

Ma gorge restait bloquée, mes cordes vocales desséchées.

– Tu veux dire depuis que tu as fait tomber le conseiller Nordone ?

Je haussai les sourcils.

– Voyons, par où commencer ?… Notre ami Willis a passé beaucoup de temps dans les conduits d'aération de ces labos. Une vraie petite mouche espionne. C'est comme ça qu'il a pu revenir, même quand la sortie principale a été bouchée. Apparemment, Fulvia ne pouvait se résoudre à nous abandonner. Et Willis était plus compétent que ce qu'elle prétendait : ce gars filmait ce qu'il trouvait intéressant. À une autre époque, il aurait pu faire carrière dans le cinéma. En tout cas, sa touche finale, avec ton exécution sous les yeux du public, était grandiose !

– Il n'avait pas… de caméra.

Ma voix n'était qu'un coassement. Quand allais-je me décider à plonger et à poser la seule question qui comptait ?

– Son tournevis ! Un petit outil bien utile, avec un micro-objectif et une connexion intégrée. Il envoyait tout ce qu'il filmait directement à ses amis dans les quartiers oubliés. Et eux se sont chargés de le faire parvenir sur les réseaux publics. Bizarrement, les gens n'ont pas trop apprécié de voir torturer une jeune fille, ni d'apprendre les projets du conseiller. Notre ami avait réussi à mettre la main sur des bribes de notes internes. Il ne lui restait plus qu'à mettre tout ça en ordre pour faire passer le message. Nordone a été destitué.

L'information ne me faisait ni chaud ni froid. Le monde serait comme il avait toujours été avant : grande nouvelle ! Face à mon regard insistant, Lomen finit par baisser la tête. Il tortillait ses mains, affichant une gêne qui ne lui ressemblait pas. Sa voix était plus rauque quand il poursuivit.

– Tu as fait ce qu'il fallait, fillette. Je sais que ça a été abominable, mais… sans cela, un autre membre du conseil n'aurait pas tardé à reprendre le projet en main et tout aurait recommencé. Maintenant, le monde va peut-être enfin se rendre compte que les personnes âgées ont aussi leur place dans notre société. Les gens parlent, dehors. Les choses vont changer. L'héritage de Lubin ne sera plus dévoyé.

La pause suivante aspira tout l'air de la pièce.

– L'enterrement aura lieu demain.

Je hochai la tête. Elle retomba vers le bas, désarticulée. Puis mon cou se bloqua. Un carcan oppressait ma cage thoracique. Pourquoi faisait-il si froid ? J'étais incapable de remuer. La lumière déclinait. Quelque chose s'abattit sur moi. Puis m'enveloppa. Mon cœur était en train d'exploser de l'intérieur, je le sentais se fissurer, sa lave emplissait mes poumons. L'air s'échappait, me manquait. Des cris lointains tentaient de m'atteindre.

Quelqu'un d'autre subissait-il cette torture, dans une autre pièce ? Je plissai les yeux. Chaque muscle de mon visage était douloureux. Ma gorge aussi, dont j'arrachais les hurlements que j'entendais. Il fallait que je me concentre, que je sorte. Je devais le rejoindre. Lubin. Mon père. Il ne pouvait pas avoir disparu. Ce n'était pas juste. J'avais encore besoin de lui, de sa sagesse. Il était la personne la plus solide que j'aie jamais connue. Et maintenant il n'était plus. À cause de moi. Mes mains tremblaient, encore glacées du sang qui les avait éclaboussées. Mes jambes ne répondaient pas. Lomen me tenait, ses lèvres remuaient, mais je ne l'entendais pas. Je fronçai les sourcils, pour le lui faire comprendre. Puis le son se rapprocha.

– ... pas t'en vouloir. C'est ce qu'il désirait. Il avait déjà vécu trop longtemps. Sa science se retournait contre l'humanité. Il t'aimait. Il a été fier de toi, c'est sûr.

– Non.

Il s'arrêta. Enfin. L'air me revint.

– Il ne pourrait pas être fier d'un meurtre. Pas lui. Il a toujours travaillé pour la vie. Oh, Lomen, il me manque déjà !

– Je sais, Morane. Mais vous n'auriez pas pu fuir sans cesse, on vous aurait retrouvés, où que vous soyez. Surtout que...

Lomen hésita. Je n'avais plus de patience pour les non-dits. J'insistai. Et il finit par me répondre.

– Ton père avait besoin d'un traitement régulier pour rester... comme il était. En partant s'isoler dans la cabane de la plage avec toi, loin de tout labo, il se destinait déjà à mourir.

– C'est ce qu'il m'avait dit. Mais je ne comprends pas.

– Jackson l'avait aidé à stabiliser sa formule hormonale. Il nous a expliqué que ton père fournissait le produit de base et avait trafiqué sa puce génétique. Mais cela ne pouvait durer qu'un temps.

– Tu veux dire qu'il va falloir que je tue aussi Jackson, maintenant ?

– Non.

Lomen retint un rictus.

– Même si je crois qu'il n'est pas très confiant sur un éventuel rapprochement. Il a peur de ce que tu pourrais lui faire.

– Il a raison.

Je crispai les poings. C'était dans son cou que j'aurais dû planter la lame. Si l'occasion se représentait, je...

– Tu n'auras pas besoin de l'éliminer. Il est totalement incapable de retrouver la formule de ton père. Il a essayé pendant des années. Il travaillait en cachette avec le conseil, un parfait petit agent double. Des tests ont été faits, en grand secret, mais ils n'ont rien donné. Enfin, à part faire naître des enfants malades, bien sûr.

Toutes ces histoires me dépassaient. Pourquoi les adultes voulaient-ils toujours tout expliquer ? Lubin était mort, le grand complot pour la jeunesse éternelle allait être enterré avec lui. Avions-nous besoin de plus ?

– Emrys tient étonnamment bien le coup, étant donné les circonstances. C'est une battante, cette fille. Elle s'en remettra, ne t'inquiète pas.

De quoi parlait-il ?

– De quoi parles-tu ?

– Tu n'es pas au courant ? Emrys... Son frère est...

CHAPITRE 47 :
C'EST QUE LE DÉBUT, D'ACCORD, D'ACCORD

Emrys était quelques pièces plus loin. Je me rappelais notre première rencontre, quand elle tremblait de froid devant notre porte. Emrys était cette fois blottie sur un lit, dans l'état d'abattement qui avait été le mien. Elle avait aussi ses blessures.

– Lomen m'a dit.

Son sourire tremblait, mais elle le maintint quand même.

– Je crois que je le savais dès le début. Mais…

– Tu l'as vu ?

– Non, ils ont dû faire disparaître Joah dans un incinérateur il y a longtemps déjà. C'est à cause d'eux qu'il est né malade, à cause de leurs foutues expériences sur le prolongement de la jeunesse. Je ne sais pas ce qui me fait le plus mal : de m'être laissé manipuler ainsi, ou qu'il soit… qu'il soit…

Elle ne pouvait pas le dire. Moi, si.

– Mort. Ce sont eux qui l'ont tué. Ils ont éliminé ton frère comme ils l'ont fait avec mon père. Nous ne sommes que des outils pour eux. Tous ces gens devraient être effacés de la surface de la Terre.

Emrys pouffa. Une seule fois.

– Tu es une fille entière, Morane, ça m'a toujours plu. Mais tu veux faire quoi ? Exploser le conseil dans son intégralité, exterminer tous les adultes, supprimer totalement le contrat Dorian Gray ? Nous avons fait ce que nous pouvions. Maintenant, nous devons juste vivre.

Elle avait raison. Personne ne pourrait plus tenter de vivre éternellement, personne ne chercherait plus à me torturer. J'avais accompagné Lubin, mon père, pour ses derniers instants. Comme il l'avait voulu. Peut-être que le travail mené par Willis et Fulvia deviendrait enfin public, maintenant qu'ils étaient sortis de l'ombre. Peut-être que les adultes prendraient enfin leur vieillesse en main. Jusqu'à ce que nous soyons adultes à notre tour. J'avais rempli ma terrible mission.

J'avais aussi compris que c'était à moi de grandir, pas aux autres de me faire grandir.

Pourtant...

– Et si ce n'est pas suffisant ?

La main d'Emrys se posa sur la mienne, encore humide des larmes qu'elle avait essuyées. Nos doigts s'entrelacèrent.

– À nous de faire en sorte que ça le soit.

REMERCIEMENTS

Commencer un roman, c'est toujours un voyage. Pendant lequel on grandit, on vieillit, en même temps que nos personnages.

Je crois que si j'aime autant la littérature dite « pour jeunes adultes », c'est parce que je n'ai jamais grandi dans ma tête. Oui, j'ai toujours vingt-cinq ans (avec quelques rides et cheveux blancs, mais c'est juste un détail).

Sauf que mon corps n'a pas toujours l'air d'accord avec ce que je pense. Et c'est ainsi que l'idée de ce roman m'est venue, en me disant que ce serait quand même très agréable que mon état physique corresponde à l'âge que j'ai dans la tête…

C'est une partie de ce qui arrive aux personnages de ce livre. Est-ce véritablement une bonne idée ? J'ai hâte d'avoir votre réponse sur ce sujet (n'hésitez surtout pas à m'envoyer des messages, j'adore échanger avec vous).

Et, parce qu'un auteur n'existerait pas sans ses lecteurs, ni sans les gens qui l'entourent, je tiens une fois de plus à remercier tous ceux qui vieillissent avec moi au quotidien : ma famille, d'abord, mon amoureux qui me regarde toujours comme si j'avais vingt ans, mes amis (je vous jure, vous ne faites pas plus vieux, vous non plus), mes enfants (qui tentent de me faire croire qu'ils grandissent), mes lecteurs de tout âge, les auteurs avec qui nous échangeons sans nous poser de question sur la génération à laquelle nous appartenons.

Un merci tout particulier à Myriam Caillonneau et Audrey Pleynet qui m'ont aidée à trouver le titre de ce roman, dans une station-service en revenant des Imaginales. Ce festival était génial, vous rencontrer encore plus !

Merci aussi à toute l'équipe de Milan, qui a cru en ce roman, et à Sabine Rousselet, qui m'a fait confiance pour le retravailler et l'améliorer encore.

Devant un livre, je crois qu'on reste tous un enfant qui découvre une histoire et se laisse porter par elle. J'espère pouvoir encore longtemps continuer à le faire pour vous, et avec vous !